wir sind
EIN PUNKT
im
KREIS

Roman
Werner Koch

Zum Autor:

Autor:	Werner Koch, Hirschaid/Erlach
E-Mail:	werner@windreise.de
Web:	www.windreise.de

Bisher erschienen
bei BoD:

Windreise	2008
Methusalem Müller	2010
Istina	2012
Flieg, Ikarus!	2014
Rusesabagina	2016
Ein Punkt im Kreis	2018

Impressum:
Umschlaggestaltung und Layout: Werner Koch
Titelbild: 123rf
1.Auflage 2018
Alle Rechte beim Autor
Herstellung und Verlag: BoD Books on Demand,
Norderstedt

ISBN: 9783752896244

Bibliografische Information der Deutschen
Nationalbibliothek: Die Deutsche Nationalbibliothek,
verzeichnet diese Publikation in der Deutschen
Nationalbibliografie; detaillierte bibliografische Daten,
sind im Internet über www.dnb.de abrufbar.

Glück, kann man nicht suchen,
man wird vom Glück besucht.

Aus Dankbarkeit, für diese spirituelle Kraft,
die mich mein ganzes Leben begleitet.

wir sind
EIN PUNKT im
KREIS

Für Ivo war es nichts Ungewöhnliches, dass der Alte mal nicht vor seiner Hütte saß. Manchmal vergingen einige Stunden, bis er zurückkam oder er ihn bei den Streifzügen über die Insel zufällig über den Weg lief. Von weitem hob dieser schon die Hand zum Gruß und Ivo vermutete, dass er unter seinem Bart lächelte. Zu gerne hätte er mal gesehen, welches wahres Gesicht sich in diesem wilden Durcheinander aus grauen, verfilzten Haaren versteckte. Einen Rasierer, besaß der alte Mann nicht, genauso wenig wie so viele Dinge, die für jedem von uns im Alltag, normal und unverzichtbar gewesen wären. Er hatte dem Jungen einmal erzählt, wie er sich vor etlichen Jahren von seinem Handy getrennt hatte. Sein Sekretär an der Uni Heidelberg hatte es ihm mal geschenkt. Er war der Meinung, man war gut beraten, immer erreichbar zu sein, vor allem wenn es um wichtige Verabredungen ging. Er hatte nie einen Termin verpasst und sein kleiner, in Leder gebundener Kalender, den er immer bei sich trug, genügte ihm vollkommen. So trug er das Handy stets bei sich, aber als er es nach etwa acht Wochen nicht benutzt hatte, und von niemanden angerufen wurde, schenkte er es einen der zahllosen Penner am Ufer des Neckar. Ivo wäre froh gewesen, selbst ein Handy zu besitzen wie die anderen Jungen auf der Insel. Er hatte den alten Eigenbrötler ins Herz geschlossen aber viele Dinge, die er sagte, vermochte der Knabe nicht verstehen. Heute aber war er Schlichtwegs nicht zu finden. Weder beim Leuchtturm, noch am Strand an der Südspitze. Ivo gedachte, ihm zeigen, was er für ein hübsches Bild er mitgebracht hatte. Es war mit Wasserfarben gemalt und man vermochte mit ein wenig Glück, in der großen, blauen Fläche einen schwarzen Kreis entdecken, der die Insel darstellen sollte. Darin, nicht vollständig so rund und tiefrot, ein Punkt. Ivo verzichtete bei seinen Kunstwerken stets auf Details. Nicht etwa, dass er nicht mit offenen Augen und der Faszination eines Kindes durch die Welt pilgerte, nein, er verstand es, alle Kleinigkeiten aus seinem Bild herauslesen. Wenn er ein Bild beschrieb, dauerte es oft weit über eine Stunde und der Alte war der Einzige, der ihm auch zuhörte. Und zwar so lange, bis der Junge alles genau erklärt hatte, sogar den Duft und die Geräusche, die er zu riechen und zu hören schien. Die anderen Erwachsenen, sahen nur das naiv-simple Bild und bedauerten ihn.

Der Wind, zerzauste seine Haare, als er die größte Anhöhe der Insel erreichte. Es war schon warm und roch unverkennbar nach Frühling. Tiefblau leuchtete das Meer im Licht der Sonne und die leicht gekräuselte Oberfläche, reflektierte ihre Strahlen, brach sie und es schien so, als würden Abermillionen Splitter eines zerbrochenen Spiegels darauf treiben. Weit draußen, glaubte der Junge, die Silhouette eines Bootes zu erkennen. Es hätte irgendein Boot sein können, ein Fischer, der den sanften Lufthauch nutzt und sich vom Maestrale nach Süden treiben lässt. Er kannte nur ein Boot, das hier in der Gegend um die Insel ein rotes Segel hatte und das war das Boot von Isaak Goldstein. Seit Monaten lag es unbenutzt und festgezurrt im kleinen Hafen. Isaak hatte altersbedingt große Schwierigkeiten mit seinen Gelenken. Und als er im Herbst letzten Jahres von Bord schritt, hatte er dem Hafenmeister gesagt, er solle gut darauf aufpassen aber er werde vermutlich nicht mehr hinausfahren.

In der Zwischenzeit stand Ivo an den steil abfallenden Klippen der Westseite der Insel und sah dem Alten nach. Er wusste genau, was Isaak mit ihm besprochen hatte und das nicht nur einmal. Das Boot wurde immer kleiner und nach einer Weile verschwand es im Schimmern der Sonnenstrahlen am Horizont.
Er wusste, was er jetzt zu tun hatte.

Berlin 2010

Die Eingangstür zum Notariat Lewinsky, wurde von einem blankgeputzten Messingschild geziert. Nathan hatte es sich seit geraumer Zeit angewöhnt, dieses Schild, mit einem Staublappen, vor Schmutz und Fingerabdrücken zu reinigen, bevor er die Kanzlei betrat. Es hatte nichts mit übertriebenen Sauberkeitswahn seinerseits zu tun, sondern vielmehr mit der Tatsache, dass Benaja Lewinsky, der Inhaber dieser Kanzlei, ihm vor einigen Wochen mitteilte, dass er sich endlich aufs Altenteil zurückziehen und ihm die Weiterführung seines Lebenswerkes anvertrauen möchte. Er arbeitete schon seit vielen Jahren für Benaja, der nicht nur Vorgesetzter, sondern im Übrigen väterlicher Freund war.

Er wunderte sich eh, dass dieser, trotz seines betagten Alters von vierundachtzig Jahren, jeden Tag pünktlich um sieben, die Tür zur Kanzlei aufschloss und diese gleichermaßen als Letzter verließ. Nur über die Mittagszeit ließ er es sich nicht nehmen, von zwölf bis halb zwei, ausgerüstet mit Mantel und Gehstock, eines der vielen Cafés hier im Bezirk Kreuzberg aufzusuchen. Dort genoss er es, an einem dieser kleinen Tischchen zu sitzen, Kaffee zu trinken und den Menschen zuzusehen, die ihren Beschäftigungen nachgingen. Nathan schob den schweren Türflügel auf und betrat einen etwas finsteren Gang, welcher aber in einen an allen vier Seiten umbauten Innenhof führte, wie es bei den meisten Wohnkomplexen in Kreuzberg üblich war. Sobald sich die Tür hinter einem schloss, verbannte das massive Eichenholz, alle Geräusche und den Lärm des Verkehrs nach draußen und man wurde von einer fast unwirklichen Stille umgeben. Doch Benaja, ein Liebhaber von Kanarienvögeln, ließ den kompletten Innenhof, wie eine gigantische Voliere, oben mit einem Gitternetz schließen und Bäume und Pflanzkübel aufstellen. Bänke luden zum Sitzen ein und im Hintergrund lauschte man den Gesang von geschätzt einhundert Kanaris. Es war jedes Mal ein Erlebnis, diese Tür zu öffnen und eine noch größere Freude, am offenen Fenster zu arbeiten. Dies war eine der vielen Eigenheiten von Herrn Lewinsky. Es schien oft so, als strebte er an, trotz der wenigen Zeit, die ihm bleiben würde, Kindheitsträume wahr werden zu lassen. Viele aus der Berliner Oberschicht, missgönnten ihm das und tippten sich hinter seinem Rücken, an die Stirn. Erste Anzeichen von Demenz, krankhafte Verschwendungssucht und Ähnliches machte die Runde. Nathan und die anderen Mitarbeiter der Kanzlei, sahen das nicht so. Hier war ein Ort der Ruhe und des Glücks und Benaja schien der Mittelpunkt zu sein, um den sich diese kleine Welt drehte. Wer glaubt, die Kanzlei wäre eine miefige Bürokratenburg mit schweren roten Vorhängen, dunklen Aktenschränken und aus der Mode gekommenen Grünpflanzen, die sich rankend, sämtliche Bürowände zurückeroberten, der hatte sich gründlich getäuscht. Der alte Lewinsky liebte das Detail, er komponierte mit Wohngefühl und Architektur. Licht und Farben verschmolzen zu einer perfekten Einheit, bei der es sogar eine Freude war, in dunklen, trüben Winterwochen zu arbeiten. Die anderen Angestellten, empfanden das ebenso und oft hatte Nathan das Gefühl, diese Menschen, die hier arbeiteten, verband eine tiefe Vertrautheit und eine Fürsorge, die man sich für den Rest der Menschheit wünschte.

Oft dachte er an diesen bedeutenden Tag zurück, als er nach Abschluss des Studiums arbeitssuchend eine Bewerbung an die Kanzlei schrieb. Um sich das Porto zu sparen, entschloss er sich, die Bewerbung persönlich abzugeben, um sich so gleich einen Eindruck zu verschaffen, wie das Büro womöglich aussehen mochte, für den Fall, dass hier einmal arbeiten würde. Genau wie heute durchschritt er diesen dunklen Flur und kam in den lichtdurchfluteten Innenhof. Erst als sich die schwere Tür hinter ihm schloss, vernahm er diesen paradiesischen Gesang der Kanarienvögel und blieb staunend im Kies des Hofes stehen. Er sah nach oben in das Blätterdach. »Es müssen Hunderte sein!«, dachte er sich. Erst nach Minuten löste sich seine Verwunderung, und er besann sich wieder auf den wahren Grund seines Besuchs. Als er den Hof verließ und auf die Tür mit dem unübersehbaren Messingschild zusteuerte, stach ihn etwas ins Auge. Im Schatten einer romantischen Topfpflanze, neben der Tür, zappelte ein Vogeljunges mit nur spärlichem Federflaum. Nathan kniete sich nieder und sah es sich genauer an. Es war fast nackt und die Nächte im April, waren manchmal empfindlich kalt. So würde es die nächsten Tage nicht überleben. Er legte den Umschlag mit der Bewerbung in den Kies und kramte in seinem Rucksack nach dem gestrickten Schal, den er immer dabeihatte, für den Fall, dass es kühler werden sollte. Er zog den weichen Wollschal hervor, hob vorsichtig das Vögelchen hoch und wickelte es darin ein. Verängstigt zappelte es und Nathan bemerkte so nicht, dass sich jemand dem Eingang näherte. Er kniete am Boden, als ein dunkler Lackschuh, in dem ein Bein mit rotgrünen

Ringelsocken steckte, auf den Umschlag mit seinen Bewerbungsunterlagen trat und diese vollständig verkrüppelte. Als Nathan nach oben blickte, sah er, dass das Bein einen älteren Herrn mit schlohweißen Haaren gehörte.

»Oh verzeihen Sie vielmals, was für ein Tollpatsch ich doch bin, warten Sie, ich bringe das schon wieder in Ordnung.« Er bückte sich und hob den Umschlag, oder das, was davon übrig war, auf und versuchte unbeholfen den Schmutz abzuwischen. Dabei fiel sein Blick auf die Anschrift und er lächelte.

»Ach Sie wollen zum alten Lewinsky, begleiten sie mich, ich werde ihm das Missgeschick mit ihrem Brief erklären. Wir sind ziemlich gut bekannt miteinander, müssen sie wissen.« Nathan war zuerst etwas wütend auf den Alten, denn es erzeugte gewiss keinen positiven Eindruck, wenn man eine schmutzige und zudem zerknitterte Bewerbung, abgeben würde. Außerdem hatte er den kleinen Vogel in seinen Händen und mit einem Vogelfindling und so einer Bewerbung vorstellig zu werden, das ging gar nicht.

»Nein, lassen sie nur, ich werde eine neue Bewerbung schreiben und ein andermal wiederkommen. Zudem habe ich hier noch einen kleinen Vogel, der scheinbar aus dem Nest gefallen ist. Um den muss ich mich erst einmal kümmern. Alleine schafft er das nicht. Herr Lewinsky läuft mir nicht davon, der kleine Kerl hat bestimmt mächtigen Hunger.«

»Oh, zeigen sie mal her!« Der Mann kniete sich neben Nathan in den Schotter und besah sich interessiert den Piepmatz, der mit seinen großen, besorgten Augen, die beiden anstarrte. »Das wird sicherlich keine leichte Arbeit. Wer kümmert sich denn um den Kleinen, wenn sie den Job bekommen und am Tag nicht mal Zeit haben für ihn zu sorgen?« Nathan überlegte kurz, der Mann hatte recht. So ein Vogel wartet keine acht Stunden, bis man von der Arbeit kommt, der hat immer Hunger.

»Ich habe den Job ja noch gar nicht. Ich nehme den kleinen Kerl erst mit nach Hause, dann sehen wir mal weiter.« Der Alte schüttelte den Kopf.

»Da habe ich eine andere Idee, wenn sie ein paar Minuten Zeit haben, werde ich es ihnen etwas näher erklären. Stehen sie auf und kommen Sie einfach mit.« Er klemmte sich die Bewerbungsunterlagen unter den Arm, stand auf, und ohne auf eine Antwort von Nathan zu warten, öffnete er die Tür zum Treppenhaus und verschwand im Dunkeln. Er rappelte sich auf und folgte ihm mit dem Vogel in der Hand.

»Warten Sie bitte, ich kenne Sie doch gar nicht, wieso sollte ich Ihnen folgen?«

»Weil es dein Glückstag ist, mein Junge, du weißt es bloß noch nicht. Hör jetzt auf zu fragen und komm mit nach oben. Ein Stockwerk noch, dann sind wir da.« Es roch nach Bohnerwachs und bei jedem Schritt der Beiden, knarrten die hölzernen Stufen, als ob sie ihre eigene Geschichte von diesem alten Haus erzählen wollten. Im obersten Stockwerk angekommen, holte der Alte einen verzierten Schlüssel aus der Tasche und schloss die schwere Eichentür auf, die wiederum ein Messingschild zierte.

Notariat Benaja Lewinsky

»Kommen Sie, ich werde Ihnen Herrn Lewinsky vorstellen und ich kann Ihnen versprechen, er hat garantiert nichts gegen den kleinen Freund in Ihrer Hand.« Sie betraten einen langen Gang, der zu beiden Seiten, je vier Türen hatte und am Ende war ebenfalls eine. Der Alte lief zielstrebig darauf zu. Zwischen den Türen hingen Bilder mit Vogelmotiven, die in japanischen Stil gemalt waren. Ein roter Läufer schützte den eleganten Dielenboden und warm-weiße Deckenleuchten tauchten den fensterlosen Gang in ein angenehmes Licht. Er öffnete die Tür am Ende des Ganges und betrat einen hellen, stilvoll eingerichteten Raum. Große, bodennahe Fenster erweckten den Eindruck, als säße man in der Krone der Bäume, die im frischen Grün des Frühlings im Hof wuchsen. Ein schlichter Schreibtisch stand vor einem wand-füllenden Bücherregal mit geschätzten tausend Werken. Wieder zierten ähnliche Bilder wie im Gang die Wände nur um ein Vielfaches größer und farbenfroher. In einer Ecke am Fenster, ein kleiner runder Tisch mit drei gemütlichen Sesseln.

»Setzen Sie sich, ich bin gleich wieder bei Ihnen.« Durch eine Seitentür verließ der Mann den Raum und ließ Nathan sprachlos und leicht irritiert zurück. Er bemerkte, dass seine Knie grau vom Schotter des Hofes waren und versuchte sich schnell mit der noch freien Hand, den Schmutz aus den Kleidern zu klopfen. In der anderen hielt er den eingewickelten Vogel, der mit großen Augen das Manöver beobachtete.

»Da sind wir Beide wohl mit dem falschen Fuß aufgestanden kleiner Freund. Ich habe nicht die geringste Ahnung, in was wir da wohl hineingeraten sind.« Verständlich bekam er keine Antwort, aber der Kleine öffnete weit seinen gelben Schnabel und signalisierte damit, dass es an der Zeit wäre, endlich gefüttert zu werden. »Wenn wir hier wieder rauskommen, verspreche ich dir einen großen Wurm zu fangen. Ehrenwort!« Die Tür öffnete sich und der Alte betrat wieder den Raum. Sein weißes Haar war zurückgekämmt und der zu große Mantel war einem Nadelstreifenanzug gewichen. Mit einer schmalen Lesebrille, die an einer feinen Goldkette hing, studierte er mit strengen Blick die Bewerbungsunterlagen von Nathan.

Ihm folgte eine korpulente, ältere Frau mit Teekanne, Tassen und einer Schale mit Keksen. Sie schritt an Nathan vorbei, lächelte ihn an und stellte das Tablett auf den kleinen, runden Tisch.

»Ach Alma, wären sie so nett, unseren jungen Freund, den kleinen Vogel abzunehmen. Sie wissen ja was zu tun ist, es wird nicht der letzte sein, den wir unter ihrer Schreibtischlampe wieder aufpäppeln werden.« Sie schritt zurück zu Nathan.   »Geben Sie ihn mir ruhig, Sie haben sich gut um ihn gekümmert. Nun mach ich das, Sie werden ihre beiden Hände brauchen.« Und bevor Nathan etwas erwidern konnte, nahm sie den Vogel an sich und verschwand wieder durch die Tür, die sie sanft hinter sich schloss.

»Setzen wir uns. Mein Name ist Benaja, Benaja Lewinsky.«

Er reichte Nathan die Hand, die dieser bereitwillig ergriff und schüttelte. »Entschuldigen Sie bitte, dass ich mich nicht schon unten vorgestellt habe, aber ich liebe Überraschungen und wenn ich nun Ihren Blick sehe, denke ich, dass mir diese Überraschung gelungen ist. Ich war so frei, mir Ihre Unterlagen genauer anzusehen, schließlich waren sie ja auch für mich bestimmt. Frisch von der Universität wie ich sehe. Guter Abschluss in allen Fächern. Gut, gut.« Er legte die Unterlagen auf den Schreibtisch und setzte sich zu Nathan. »Eine Tasse Tee mein Freund? Pfefferminze aus Marokko. Es ist die Beste. Aber viel Zucker rein, dann schmeckt es erst richtig gut.« Nathan folgte dem Rat des Alten und als er die Tasse an die Lippen führte, krochen ihm die Aromen der Minze die Nase hoch und der Geschmack war fulminant. »Ich würde Sie gerne einstellen. Wann könnten Sie anfangen?« Nathan war total überfahren von dieser Frage und stotterte herum.

16

»Äh, ich, wieso, gleich Morgen oder wann passt es Ihnen? Warum ich, Sie kennen mich doch gar nicht? Haben Sie sich das auch gut überlegt?«

»Nein, habe ich nicht. Wissen Sie, mein Freund, was dort in Ihren Papieren steht, interessiert mich nicht. Daraus vermag ich nur zu lesen, was Sie gelernt haben aber nicht was für ein Mensch Sie sind und was Sie weiterhin aus sich machen werden. Ich habe in ihre Augen geschaut und ich habe einen jungen Mann erkannt, der bisher nicht den Blick für die kleinen, aber kostbaren Dinge verloren hat. Der nicht gleichgültig vorüber schreitet, wenn es gilt ein unschuldiges Leben zu retten. Halten Sie mich getrost für einen rührseligen Sonderling, aber ich ziehe es vor, es sentimental zu sein. Es ist in erster Linie wichtig, Gefühle zu zeigen und wenn Sie nur einen Regenwurm über die Straße bringen oder einer alten Frau die Einkäufe tragen. Ich habe einen simplen Leitspruch. Johann Wolfgang Goethe hat einmal geschrieben:»Edel sei der Mensch, hilfreich und gut.« Das genügt doch, mehr ist nicht vonnöten! Das sehe ich in ihnen und darum glaube ich, wir könnten Sie recht gut bei uns gebrauchen. Noch eine Tasse Tee?«

Nathan lehnte nicht ab. Und Nathan blieb.

Er lebte sich schnell ein. Bald lernte er Alma und die anderen Angestellten kennen und schätzen. Es waren freundliche und ehrbare Menschen und es war ein Fest mit ihnen zu arbeiten. Benaja blieb die meiste Zeit eher unsichtbar, doch das schien keinen groß zu stören. Mittags, schritt er gut gelaunt durch alle Zimmer und wünschte allen eine gemütliche Mittagspause und verschwand für die obligatorischen eineinhalb Stunden. Nathan besuchte meist eine der nahegelegenen Dönerbuden oder zum Asia Imbiss zwei Straßen weiter. Doch im Moment als er den Hof zu

17

verlassen gedachte, bemerkte er, dass er seine Geldbörse im Büro hatte liegengelassen. Folglich nochmal hoch und holen. Als er das Treppenhaus wieder betrat, öffnete sich im Parterre eine der vielen Eichentüren und Benaja trat heraus. Unter seinen Arm, einen dicken Aktenstapel geklemmt. Er wirkte überrascht und schob schnell die Akten in seine braune Ledertasche, die er stets bei sich trug.

»Ach Nathan, ich dachte Sie wären schon gegangen.«

»Äh nein, ich habe meine Börse liegengelassen, ich geh nur schnell hoch und hole sie.«

»Lassen sie es, ich denke heute ist ein guter Tag. Folgen sie mir, ich lade sie zum Essen ein. Keine Widerrede, sie kennen mich lange genug, um nicht abzulehnen! In der Bergmannstrasse ist ein guter Inder. Seine Küche ist vorzüglich.«

»Nehmen sie sich etwa immer Arbeit mit in die Mittagspause?«

»Arbeit?«, er lachte laut heraus, »Wenn das Arbeit wäre, würde ich keine meiner wertvollen Zeit dafür opfern. Das ist eine Berufung!« Bis zum Inder spazierten sie schweigend nebeneinander und wurden unsichtbar im nicht endenden Strom der Menschen. Dort angekommen, suchte Benaja einen Tisch in einer stillen Ecke.

»Bestellen sie das Hähnchen Curry mit Safran, es ist ein Gedicht.« Nach dem Essen, das Nathan als eines der besten seit Jahren empfand, öffnete Benaja seine Ledertasche und zog die Akte hervor.

»Es sind zu viele, ich werde das wohl nicht alleine schaffen!« Er schob den Stapel über den Tisch, hin zu Nathan. Draußen fing es an, zu regnen, und viele Fußgänger suchten Schutz unter der Markise des Lokals. »Sehen sie, vor zehn Sekunden, wären sie noch gleichgültig aneinander vorbeigelaufen. Jetzt stehen sie dort dicht gedrängt, schimpfen über den Regen, rücken zusammen und teilen das gleiche Schicksal. Vielleicht wird sogar ein junger Mann einem Mädchen seine Jacke über die Schultern legen. Sie eventuell sogar nach ihrem Namen fragen. Der ältere Herr mit dem Bart packt gerade einen Schirm aus. Glauben sie, er hat den Mut, der Dame an seiner Seite seinen Schirm anzubieten? Dieser Regenguss, so banal er auch sein mag, er könnte Dinge auslösen die irgendwann sogar die Welt verändern. Darum, es gibt nichts Unwichtiges. Alles hat und macht Sinn, auch wenn es uns im Augenblick nicht so scheint.«

Nathan sieht nach draußen und als der Schauer nachlässt, kann er erkennen, wie der junge Mann seine Jacke um das Mädchen legt.

»Es geschieht immer und überall!« Benaja nimmt einen kleinen Schluck Wein und zeigt mit dem Finger auf die Akten. »Natürlich bin ich ein Notar, für Erbrecht, Grundstücksangelegenheiten und so weiter. Wir wissen beide, dass das eine trockene Materie ist. Wir tun es, weil es getan werden muss. Und das ist auch gut so. Jeder Mensch hat eine Aufgabe im Leben. Diese Aufgaben liegen oben im dritten Stock, hinter den weißen Schiebetüren, die wir mehrmals täglich öffnen. Wir kümmern uns, überarbeiten, beglaubigen und dann räumen wir sie wieder in ihr Fach hinter den Schiebetüren. Das, was vor ihnen auf dem Tisch liegt, hat damit ganz und gar nichts zu tun. Es ist sehr viele Jahre her als ich den ersten Brief bekam. Ich war noch jung und unerfahren und ich brauchte Monate um zu verstehen, dass es nicht meine Entscheidung sein kann, diesen Weg zu gehen. Ich hatte keine Ahnung, warum diese Menschen, ihre Anliegen an meine Adresse schickten und woher sie mich kannten. Über die Jahre, wurden es so viele, dass ich die

Räume im Erdgeschoss anmieten musste, um nicht in Akten zu ersticken.«

»Was wollen diese Menschen von ihnen?«

»Allem Voran, sie wollen nicht, sie bitten! Das ist sehr wichtig. Grundsätzlich beginnt es ganz normal. Es geht um Vermögen, Grundstücke, die bestimmten Personen zugesprochen werden sollen. Erbansprüche an Verwandte und Zuwendungen an geliebte Freunde. Also an sich nichts Besonderes, was sich groß von den Dingen im dritten Stock unterscheidet. Doch allen diesen Förmlichkeiten, die wir sicher zuverlässig abarbeiten könnten, folgt, und jetzt wird es schwierig, eine persönliche Bitte, ein Anliegen, das an uns herangetragen wird.«

»Aber Herr Lewinsky, das ist doch nicht unsere Aufgabe!«

»Es war auch nicht ihre Aufgabe, damals den kleinen Vogel aufzuheben. Dennoch haben sie es ohne zu zögern getan. Ich bin mit Sicherheit kein armer Mensch, aber würde ich nur meine Arbeit tun, hätte ich noch viel, viel mehr Geld verdient. Ich hätte einen schweren Wagen, ein Ferienhaus in der Toskana und eine Jacht an der Adria. Aber, und das habe ich sehr schnell gelernt, es bedarf all dieser Dinge nicht um glücklich zu sein. Nichts davon wiegt schwerer als den sehnlichsten Wunsch eines unglücklichen Menschen zu erfüllen. Sehen sie es anders, wir haben unsere Berufung gefunden.«

»Wir, wer sind wir?«

»Alle, die im Notariat arbeiten. Es begann mit Alma. Alma ist ein sehr stiller Mensch. Sie redet nicht viel, aber sie sieht und hört Dinge viel besser, als viele andere es können. Ich habe ihr Anfangs nichts von den Akten erzählt. Ich dachte es wäre meine Aufgabe, aber mir war auch klar, dass ich das alleine nicht schaffen würde. Alma saß im

Treppenhaus und wartete auf mich, als ich mir wieder Unterlagen aus dem Erdgeschoss holen wollte. Sie stand einfach vor mir, genau wie sie, mein lieber Nathan. Sie streckte ihre Hand aus und forderte mich auf, ihr das Bündel Blätter zu geben und lächelte dabei. Ich tat es und wir gingen in den Park an der Spree und ich erzählte ihr, was ich eigentlich tat. Nachdenklich blätterte sie die Unterlagen durch und nach einer Weile versprach sie mir, sich darum zu kümmern.«

»Herr Lewinsky, bitte helfen sie mir. Um das Ganze besser verstehen zu können, müssen sie mir erklären, worum es in diesen Bitten, Gesuchen oder was auch immer geht.«

Er schüttelte langsam den Kopf und strich mit den Händen über den Aktendeckel auf den Tisch.

»Sie dürfen das mitnehmen und wir sehen uns morgen Früh wieder in der Kanzlei. Hier ist der Schlüssel für die Zimmer im Erdgeschoss. Sie können die Akten dort einfach wieder unter den Buchstaben **F** ablegen. Für manche Dinge ist man zu schwach oder nicht dafür geschaffen. Es wäre keine Schande. Es ist uns allen schon mehrfach so ergangen. Sie wären keine Ausnahme. Wenn sie sich aber dafür entscheiden, gibt es kein Zurück. Es ist wie ein Versprechen, wie ein Eid, den man geschworen hat, also wägen sie ab und überlegen sie sehr gut.« Er winkte den Ober und bat darum, zu zahlen, dann gab er ein üppiges Trinkgeld und verschwand ohne ein weiteres Wort im Getümmel der Straße.

Die Stadt war um diese Jahreszeit nicht überfüllt von Touristen. Es fing eben wieder an zu regnen, als Nathan den Inder verließ. So steckte er das Bündel unter seine Jacke und machte sich auf den Weg nach Hause. Er wohnte unweit vom Technikmuseum in einer eher kleinen

Mansardenwohnung. Er hatte von dort oben Zugang zu einem Dachgarten, den er sich mit zwei anderen Mietern teilte. Zum einen Li, ein überaus nettes Mädchen, das in einem Tai-Imbiss arbeitete und meist erst spät nach Hause kam, zum anderen Andre, der Lehramt studierte und in seiner Freizeit Touristen, mit einer Fahrradrikscha für Geld, durch Berlin Mitte chauffierte. Mit Andre, konnte man mal gemütlich ein Feierabend Bier zischen und über Gott und die Welt quatschen. Das war echt okay. Li dagegen war ein verschlossenes Mädchen. Sie hatte sich hier oben einen kleinen Kräutergarten mit unzähligen, verschiedenen Töpfchen, Schalen und Schüsseln angelegt. Sie pflegte diese Pflanzen mit Hingabe und Leidenschaft. Es blieb aber meist bei einem stillen Hallo und freundlichen Kopfnicken. Nathan respektierte das und ließ Li in Ruhe. Nachdem er die Türe zur Wohnung geöffnet hatte, warf er seine Jacke über einen der bunt zusammengewürfelten Küchenstühle und drückte im Vorbeigehen den Knopf der Kaffeemaschine. Diese antwortete mit einem tiefen Brummen und glucksend tröpfelte der braune Kaffee in die Glaskanne. Er angelte sich eine der vielen Tassen aus dem Holzregal neben dem Kühlschrank, dann öffnete er die Tür zur Terrasse um Sir John hereinzulassen, der schon mit großen Augen vor der Tür saß und hungrig durch die Scheibe stierte. Sir John war selbsternannter Dauergast auf der Dachterrasse und ein roter, fetter Kater. Er war schon hier, als Nathan einzog und laut Andre, der ein Jahr länger hier lebte auch vor dessen Einzug. Auch wenn er außer Fressen und Schlafen nichts tat, war es doch angenehm, dass immer jemand da war, wenn man alleine war. Sir John hatte die Angewohnheit, einen auf den Schoß zu springen und es sich dort zum Schlafen und Schnurren, gemütlich zu machen. Nathan holte die Milchtüte aus dem obersten Fach und goss dem Kater seine Ration in ein Schüsselchen, das gleich neben der Tür auf dem Boden stand. Gierig schleckte er fast lautlos an der Milch.

»Na du roter Fuchs, hast wohl wieder die Dächer unsicher gemacht. Ich hol meinen Kaffee und dann komm ich ein wenig zu dir, die Sonne kommt schon hinter den Regenwolken raus.« Nathan schnappte sich ein Sitzkissen und die Akten und setzte sich an den kleinen Holztisch. Der Kaffee war heiß und kräftig aber er hatte eine Schwäche für starken Kaffee. Genüsslich nippte er an der Tasse und blätterte in den Akten. Es handelte sich um eine Nachlassverteilung im üblichen Sinn. Der Verstorbene war Architekt und hieß Friedrich Stücklen. Formalitäten, Durchschläge von Briefen und der ganze Kram. Soweit nichts Außergewöhnliches. Nathan blätterte weiter und ganz zuletzt fand er einen persönlichen Brief. Dieser war an Herrn Lewinsky gerichtet, aber da Der geöffnet und abgeheftet war, empfand er es als folgerichtig, ihn zu lesen. Der Alte hatte ihm ja die Akten persönlich gegeben. Behutsam zog er das Schreiben aus der Klarsichthülle und betrachtete die bemerkenswerte Handschrift. Sir John hatte sein Mal beendet, streckte sich, schlich lautlos an Li`s Gewürz und Kräuterbeet vorbei und rieb sich genüsslich an Nathans Beinen. »Spring schon rauf Dicker, gibst sonst eh keine Ruhe.« Der Kater schien auf die Einladung gewartet zu haben, und mit einem Satz sprang er auf Nathans Oberschenkel, drehte sich einmal und rollte sich gemütlich zusammen. Nathan spürte sein Schnurren wie ein leichtes Vibrieren. Er hatte etwas übrig für Tiere und scheinbar fühlten diese Wesen das. Er wandte sich wieder dem Brief zu.

»Hallo Benaja, lieber guter Freund,«

Was? Nathan stutzte, dieser Mann kannte Herrn Lewinsky persönlich und war mit ihm befreundet. Das war aber ungewöhnlich, dass er ihm ausgerechnet die Akte eines Freundes gegeben hatte. Wissbegierig las er weiter.

»Du weißt, was passiert ist, wenn du diese Zeilen liest. Wie ich zu Tode kam, wirst du schon von meinen Angehörigen erfahren haben. Ich war nicht angeschlagen, darum waren mir Zeitpunkt und Ort meines Ablebens unbekannt. Gut, mein hohes Alter war die letzten Jahre eher eine Bürde. Wusstest du, dass ich seit 2016, Windeln trug. Ich war fast taub und ohne Rollator war es mir nicht möglich, mich nicht fortzubewegen. Ach, das Alter kann eine Plage sein, obwohl ich äußerst viel erleben durfte. Ich habe gern gelebt und ich bin dankbar für jede Stunde, die ich auf dieser Welt und mit so vielen wertvollen Menschen verbringen durfte. Die Erbschaftsangelegenheiten wirst du gewiss zu meiner vollsten Zufriedenheit erledigen, da bin ich mir sicher. Aber, du hast neben deiner notariellen Arbeit einen gewissen Ruf in Dingen, sagen wir mal, der besonderen Art, woher ich das weiß? Das bleibt ein Geheimnis, genau wie du ein Geheimnis bist. Ein Rätsel und ein Geschenk.
Doch, um mein Anliegen besser zu verstehen, erzähle ich dir meine Geschichte.«

»Es war im Sommer 1959 während meiner Studienzeit. Ich nutzte die Ferien für eine Reise nach Italien. Ich brannte darauf, den Petersdom zu sehen, Florenz, Siena und Rom. Diese Schönheiten der venezianischen Architektur

die überall zu finden waren Basiliken, Klöster und Brücken. Vor allem Brücken. Ich hatte einen Fimmel für solche Bauten. Kein Bauwerk faszinierte mich mehr. Die Möglichkeit, trockenen Fußes einen reißenden Fluss zu queren, Schluchten zu überwinden und dass alles so leicht und filigran, dass man zuerst fürchtet seinen Fuß darauf zu stellen aber dann Lastwägen und tonnenschwere Züge trägt. So tingelte ich durch die italienischen Städte und fotografierte, und skizzierte, so viel ich vermochte. Mir blieben nur noch drei Tage und so entschied ich mich als Abschluss meiner Reise Venedig zu besuchen. Die Stadt der tausend Brücken. Den Dogenpalast, die Rialtobrücke, dem Markusplatz und die Santa Maria Formosa in Castillo. Es würde allerlei zu entdecken geben und ich brannte darauf, Murano, die Inselgruppe vor Venedig zu besuchen, die berühmt für ihre beispiellose Glasherstellung ist. Es war später Nachmittag, als ich in der Altstadt ankam und die Sonne malte die Dächer der Stadt golden.

Planlos durchstreifte ich die Gassen, stieg über unzählige kleine Brücken. Es roch famos nach Essen und hinter Fensterläden klapperte das Kochgeschirr der Restaurants und Trattorias. Selbst der etwas faulige Gestank des Brackwassers der Kanäle wurde zugedeckt vom Geruch der Lebensfreude aus den Kochtöpfen. Aus dem Gewirr enger Gassen führte mich mein Weg zur Piazza San Marco, wo ich nach links abbog, um dem breiten Uferweg mit seinen vielen Anlegeplätzen für Gondeln und anderen Booten zu folgen. Der leichte Schwell, ließ sie alle sanft schaukeln und eine kühle Brise reinigte die Luft. Man vermochte durchzuatmen nach der stickigen Luft, die in den Kanälen hing. Möwen saßen auf den schlanken Pfählen der Bootsanleger und weiter draußen konnte man etliche Touristenkähne sehen, die die Menschenmassen zu den *äußeren Inseln brachten. Mein Magen knurrte fürchterlich und ich überlegte mir, mich an einen der vielen Restaurants niederzulassen um eine Kleinigkeit zu essen. Zuvor setzte ich mich auf eine kleine Steinmauer, um den aktuellen Stand meiner Geldbörse zu prüfen. So stellte ich den Rucksack neben mich und suchte in der Jackentasche nach meiner Börse. Dann ging plötzlich alles ziemlich schnell, ein kleiner Junge, etwa neun oder zehn Jahre alt, griff sich im Vorbeigehen den Rucksack und rannte los. Ich war erst einmal so überrascht, dass ich den Flüchtenden nur hinterher sah. Dann sprang ich auf und laut schreiend spurtete ich hinter den Jungen her. Der Kleine rannte wie ein Wiesel und der Abstand zwischen uns wurde immer größer. Ich fürchtete schon, mein Hab und Gut niemals wieder zu sehen. Kurz vor einer kleinen Brücke, die über dem Kanale Garibaldi führte, stellte sich ihm eine junge Frau in den Weg, packte ihn am Kragen und hielt ihn fest. Ich war zu weit entfernt, aber ich hörte, wie sie furchtbar auf Italienisch schimpfte und ihn mit erhobenen Zeigefinger drohte. Kurz bevor ich die beiden erreichte, gab sie ihn einen Klaps auf den Hinterkopf und nahm ihn den Rucksack weg. Der Kleine rannte schnell davon und verschwand im Gedränge der Menschen. Ich war völlig außer Atem, als ich das fremde Mädchen erreichte. `Warum haben sie ihn nicht festgehalten?´ Sie sah mich entgeistert an.*

`Um was zu tun? Ihn etwa den Carabinieri zu übergeben? Ich habe ihm gesagt, dass ich seine Mutter kenne, und für den Fall, dass ich ihn noch einmal bei so einen Unfug erwischen, würde ich ihm beide Ohren abreißen und in dem Kanale Grande werfen. Glauben sie mir, er wird es gewiss nicht wieder tun.´

Ich starrte sie an, und abgesehen davon, dass sie bildhübsch war, konnte ich in ihren Blick lesen, dass sie das, was sie sagte, auch wirklich meinte. Womöglich war es auch diese kleine, energische Falte auf ihrer Stirn, die mir klar machte, dass es keinen Sinn ergab, mit dem Mädchen groß zu diskutieren. Ich bedankte mich bei ihr und bat sie darum, sie auf ein Glas Wein einladen zu dürfen. Gleich hinter der Brücke war ein ansprechendes Restaurant. Es hieß »La Nuova Perla« die neue Perle. Sie sah mich von oben bis unten an, lächelte und nahm die Einladung an.

Benaja, glaubst du an Liebe auf den ersten Blick? Nun, da ich ein alter Mann bin und viele Dinge in meinem langen Leben erleben durfte, will ich dir eins mit Sicherheit sagen, es gibt sie!

Das Mädchen hieß Sophia und sie war neunzehn. Jedes Wort von ihr, jede Geste, selbst wenn sie sich die Locken aus dem Gesicht strich, entzückte mich. Und sie merkte das. Wir saßen stundenlang im Lokal und es war so, als ob wir uns schon eine Ewigkeit kennen. Wir lachten und schwiegen, sahen den Booten zu, die im Rot der untergehenden Sonne verschwanden. Es schien so, als ob sie hinüberwechseln in eine fremde Zeit und einen anderen Ort. Ich bin an diesem Tag dem ersten und einzigen Menschen begegnet, für dem ich wirkliche Liebe empfand, bis zum heutigen Tag. Wir tanzten durch Venedig, als ob wir eine Ewigkeit Zeit hätten. Sie zeigte mir Dinge und Orte, die kein Tourist je zu sehen bekommt. Mein Herz war verloren und ich gab mich diesem Gefühl hin, weil es mich glücklich machte. Am letzten Abend vor meiner Abreise saßen wir wieder in der Nuova Perla. Wir hielten unsere Hände in der Mitte des kleinen Tisches so fest, als könnten wir verhindern, dass Morgen mein Zug zurück nach Deutschland fährt. Sie gab mir einen Zettel mit ihrer Adresse und ich sagte fest zu im Herbst zurückzukommen.

Als wir uns spät in der Nacht trennten, versprachen wir uns Treue und umarmten uns. Sie küsste mich, drückte mir einen Anhänger mit einem Herz in die Hand und rannte weg. Es war gut so. Wäre sie nur eine Sekunde länger in meinen Armen geblieben, ich hätte sie nie mehr losgelassen. Mein Zug fuhr früh am Morgen und ich machte die ganze Nacht kein Auge zu, weil ich immer an unsere letzte Umarmung denken musste. Die Züge waren zur damaligen Zeit langsamer als heute, und es war gestattet, sogar die Fenster öffnen um etwas frische Luft hereinzulassen. In Österreich lehnte ich mich auf den Rahmen des Schiebefensters und sah mir die überwältigende Landschaft und die majestätischen Berggipfel an. Ich musste an Sophia denken und holte den Zettel mit ihrer Adresse hervor. Ich sah mir ihren Namen an, den sie mir in eleganter Handschrift auf einen Zettel geschrieben hatte: »Sophia Avesani« Ich las ihn immer wieder und vermochte dabei ihr attraktives Gesicht vor meinem inneren Auge sehen. Ich glaubte fast, ihre Stimme zu hören, als plötzlich jemand die Tür vom Abteil aufriss.
`Die Fahrkarten bittschön!´
Die Zugluft endriss mir den Zettel und augenblicklich griff ich danach aber der Wind trieb das Stück Papier weg vom Fenster und es war mir unmöglich, ihn zu fassen zu bekommen. Der Schaffner verstand meine Aufregung nicht, verweigerte die Bitte, den Zug anzuhalten und riet mir eindringlich, nicht die Notbremse auszulösen. Kopfschüttelnd zwickte er ein Loch in meine Fahrkarte und verließ mit strengen Blick das Abteil. Ich hasste ihn, in dieser blöden Uniform und seinen schlauen Sprüchen. Ich solle mich nicht so aufregen, es wäre ja kein Geld zum Fenster hinausgeflogen. Ich weinte leise vor mich hin. Ohne Adresse war es mir verwehrt, Sophia zu schreiben. Was würde sie denken, wenn sie keine Nachricht von mir

bekommt. Ich nahm mir fest vor, nach meiner Ankunft in Deutschland, alles zu zuwege zu bringen, um ihre Adresse ausfindig zu machen. Ich Idiot hatte mir nur ihren Namen angesehen. Den Namen der Straße, bekam ich nicht mehr auf die Reihe. Meine kleine Ein-Zimmer-Wohnung verschluckte mich und ich ging drei Tage nicht vor die Tür. In dieser Zeit zermarterte ich mir das Gehirn, warum ich den Zettel von Sophia nicht richtig festgehalten hatte. Am Montag fing das Studium wieder an und ich hatte keine andere Wahl, als für mein Examen lernen. Dennoch verging kein Tag, an dem ich nichts unversucht ließ, Sophias Anschrift ausfindig zu machen. Es war 1959, zum Telefonieren war es erforderlich, das man zum nächsten Postamt musste. Ich verstand kein Italienisch und selbst wenn, wusste ich nicht, an wen ich mich wenden sollte. In meiner Straße wohnte zwei Häuser weiter ein Italiener, er war Gastarbeiter und arbeitete bei der Müllabfuhr. Ich besuchte ihn und bat ihn um Hilfe. Er übersetzte mir Briefe, die ich an die Stadtverwaltung von Venedig schickte, mit der Bitte, die Anschrift von Sophia Avesani herauszufinden. Er machte sich lustig über mich und riet mir, mein Vorhaben aufzugeben.

'Vergiss das Mädchen, sie ist Italienerin und wird einen Italiener heiraten. Das ist einfach so! Glaubst du etwa, ihre Eltern würden das erlauben, dass sie einen deutschen Studenten nimmt? Niemals!'

Ich ignorierte seine Meinung und Ansichten und schickte die Briefe ab. Erst Wochen später kam ein förmliches Schreiben aus Venedig. Darin stand, dass es dort hunderte Familien Avesani gab und es nicht Aufgabe der Stadtverwaltung sei, Akten nach einer Sophia Avesani zu durchforsten. Auf meinem nächsten Brief bekam ich keine Antwort mehr. Nach Italien zu reisen, konnte ich mir im

Moment nicht leisten und so schleppte ich nach meinen Vorlesungen Kohlensäcke um mir das Reisegeld zu verdienen. Im Herbst plante ich zurück nach Italien zu fahren und Sophia besuchen. Benaja, das Schicksal ist ein räudiger Hund. Er beißt dich und es schmerzt so furchtbar, dass man jeglichen Glauben an die Gerechtigkeit verlieren möchte. Ich hatte damals eine kleine Schwester, die bei meiner Mutter in Nürnberg lebte. Sie war vierzehn Jahre alt und ein goldiges, lebensfrohes Kind und ich liebte sie über alles. Meinem Vater war es nicht vergönnt das Kriegsende lange zu überleben und so zogen meine Mutter und meine Schwester, zu unserer Tante nach Langwasser. Im Sommer trafen sich die jungen Leute immer am Dutzendteich zum Baden. Maria konnte Schwimmen, sogar äußerst gut und besonders darum verstehe ich bis heute nicht, was dort geschehen ist. Plötzlich trieb sie leblos im Wasser. Ein älterer Mann entdeckte sie und zog sie ans Ufer. Er war im Zweiten Weltkrieg bei der Marine und schaffte es, sie wiederbeleben. Dann brachten sie sie ins Krankenhaus. Ich bekam einen Brief von meiner Mutter, in dem sie mich bat schnellstmöglich nach Nürnberg zu reisen. Sie stand mit hängenden Kopf am Bahnsteig, als der Zug einfuhr. Meine Mutter war eine redliche Frau aber oft still und in sich gekehrt. Ich fragte sie nie nach dem Krieg und was alles geschehen war in dieser furchtbaren Zeit. Ihr Blick war leer und dunkle Augenringe ließen nichts Gutes hoffen. Als ich meinen Koffer neben ihr auf den Bahnsteig stellte um sie zu umarmen, fing sie an, fürchterlich zu schluchzen.

`Mein Gott Mama, was ist geschehen? Wo ist Maria?´

`Im Krankenhaus, sie war so lange unter Wasser, die sagen, dass das Gehirn Schaden genommen hat. Sie wird nie mehr so sein, wie sie war, nie mehr!´ Ich drückte sie fest an

mich und hoffte, sie würde sich irren. Aber es war kein Irrtum. Als wir eine halbe Stunde später am Krankenbett standen, wusste ich, dass die Maria, wie wir sie kannten, nicht wieder zurückkehren würde. Sie starrte mit offenen Augen ins Leere und Speichel lief ihr aus dem Mund und obwohl ich sie mehrfach ansprach, zeigte sie keinerlei Regung. Der Arzt erklärte mir, ihr Gehirn wäre zu lange ohne Sauerstoff gewesen, und dadurch ein großer Teil der Zellen abgestorben sei. Sie würde zeitlebens ein Pflegefall bleiben. So Benaja, ein Augenblick nur, und alles, wirklich alles verändert sich und du hast keine Möglichkeit deinem Schicksal zu entfliehen. Ich zog nach Nürnberg und studierte an der Friedrich Ohm Hochschule Architektur zu Ende. So war es mir möglich, nach der Uni meine Mutter unterstützen und nahe bei meiner Schwester sein. Obwohl die Ärzte ihr damals keine Chance auf eine Verbesserung ihres Zustandes gegeben hatten, reagierte sie ganz langsam auf Reize und Töne in ihrer Nähe. Sie erkannte Stimmen und obwohl, sie uns nicht antwortete, spürten wir, dass ihr unsere Anwesenheit stets guttat. Es waren kleine Veränderungen, wie ein dumpfes Grunzen, wenn Mama ihr die Haare kämmte oder ein Hauch von einem Lächeln mit geöffneten Mund, wenn ich ihre Wangen streichelte oder ihr aus einem Buch vorlas.

Ich hörte auf, nach Sophia zu suchen.

Wir brauchten jede Mark und selbst als ich Anstellung in einem Architekturbüro fand und mehr Geld verdiente, sah ich es als Pflicht an, für sie da zu sein, und gleichzeitig meine Mutter zu unterstützen. Das Wirtschaftswunder und der Wiederaufbau unseres Landes, sorgten zwar dafür, dass ich genug zu erledigen hatte und bald den Schritt in die Selbstständigkeit wagte, doch legte ich mir Fesseln an, die ich nicht mehr loswürde. Wir kauften ein Haus in Langwasser und ich ließ es so umbauen, und Maria konnte immer bei uns sein. So brach ich die Mauern auf und ließ große, bodentiefe Fenster mit weißen Sprossen einsetzen. Wir stellten ihr Bett so in den Raum, dass sie stets in den romantischen Garten sehen konnte. Im Sommer schoben wir sie mit dem Rollstuhl hinaus und setzten uns unter den großen Kastanienbaum, der angenehmen Schatten warf. Und wenn ein zarter Lufthauch die Blätter bewegte, wich die Leere aus ihrem Blick und ich wünschte oft, sie würde die Decke zurückschlagen, aufspringen und durch den Garten tanzen. Es geschah nie, aber diese Momente, erfüllten unser Herz stets mit Hoffnung und Liebe.

Ich vergaß Sophia.

Maria hat mich fast den Rest meines Lebens begleitet. Als Mutter 2001 starb, stellte ich eine Ganztagspflege ein, die mir etwas Arbeit abnahm. Mein Büro zog um in mein Haus und so war es mir möglich, jederzeit mal nach ihr sehen zu können. Im Mai 2016 fand ich sie leblos mit geschlossenen Augen. Sie hatte ein Lächeln im Gesicht und ich wusste, dass sie endlich an einen Ort war, der unvergleichlicher nicht sein könnte. Die Erde dreht sich weiter und meine Geschichte ist nur eine von Millionen. Und manchmal glaube ich, wir nehmen uns alle viel zu wichtig. Nach Marias Tod schloss ich das Büro. Ich hatte das Gefühl, genug getan zu haben, begehrte mich endlich mal zurückzulehnen und unter den Kastanien zu sitzen und einfach nur träumen. Auf dem Dachboden lehnte ein hölzerner Liegestuhl mit Stoffbespannung aus vergangener Zeit. Den würde ich mir holen und es mir *bequem machen. Ich war schon seit Jahren nicht mehr dort oben und war verwundert, was sich da so alles angesammelt hatte. Der Liegestuhl, lehnte am Kamin, war aber zugestellt mit etlichen Kartons. So blieb mir nichts anderes übrig, als den ganzen Kram zur Seite zu räumen. Alles war staubig und als ich den obersten Karton hochhob, fiel dieser zu Boden und ich hatte nur den Deckel in der Hand. Viele Sachen verteilten sich auf dem Holzboden. Als ich mich bückte um die Dinge wieder einzuräumen, entdeckte ich eine kleine Schachtel, die mit rotem Samt bezogen war. Ich wusste sofort, was darin war. Vorsichtig blies ich den Staub vom Deckel und öffnete sie. Im Innern lag in weicher Watte, der Herzanhänger von Sophia. All die Jahre war sie bei mir. Nur verschlossen wie in einer Muschel. Mittlerweile war ich ein alter Mann, inkontinent und mit morschen Knochen. Das Leben hatte sie mir weggenommen. Die einzige und erste Liebe. Ich war stets vereinnahmt, durch den Job und die Fürsorge für meine Schwester. Es hat sich schlichtweg nie die Gelegenheit ergeben, jemanden kennen zu lernen. So saß ich auf diesem schmutzigen Dachboden und weinte um meine verlorene Liebe. Mir war klar, dass es zu spät war, viel zu spät. Wie lange hatte sie auf mich gewartet, wann fing sie an meinem Versprechen zu zweifeln? Sie hat mich irgendwann verflucht, diesen untreuen Deutschen, der das Herz einer stolzen Italienerin gebrochen hatte. Benaja, ich habe nicht vor, die Uhr zurückzudrehen, und ich bin zu alt, um erneut nach ihr zu suchen. Für den Fall, dass sie noch am Leben ist, ist sie vermutlich eine stolze Großmutter mit vielen Kindern und Enkelkindern. Geliebt und geachtet in ihrer Familie. Was für einen Sinn könnte es ergeben, in diese fremde Welt einzudringen und alte Wunden aufzureißen. Keinen! Ich weiß nicht, wie viel Zeit mir noch vergönnt ist, auf dieser Welt zu leben. Eine große Macht lenkt die Geschicke der Menschen und es war eben der Weg, der mir vorbestimmt war. Es war ein redlicher Weg, zumal er leidvoll und beschwerlich war. Ich habe selten gehadert oder war wütend und ich denke, ich war kein mieser Mensch. Ich darf ohne Angst meine letzte Reise antreten und ich bin sicher, sie wird mich an unerklärliche Orte führen und dort werde ich Maria wiedersehen. Du weißt, dass ich dich nie um etwas gebeten habe, Benaja aber wir haben eine gemeinsame Vergangenheit und wir haben uns als Kinder ein Versprechen gegeben. Du warst wie ein großer Bruder für mich und ich kann dir gar nicht genug danken für das, was du für mich getan hast. Das ist schon alles so lange her, aber die Erinnerung daran war immer da. Warum ich dich erst jetzt, nach meinem Tod darum bitte, mir zu helfen, hat nur einen Grund. Ich wusste, dass ich nicht dazu fähig war es selbst zu verrichten. Fahr nach Venedig und suche Sophia. Erzähl ihr unsere Geschichte. Sie soll verstehen, dass es nicht meine Schuld war und ich sie nicht vergessen habe. Sie war stets bei mir, obwohl ich es nicht immer spürte. Ich weiß nach der langen Zeit, dass unsere Liebe mir die Kraft gegeben hat, mich all die Jahre um meine Schwester zu kümmern. Ich bin sicher, dass du sie finden wirst. Du hast schon immer eine Lösung für ein Problem gefunden, darum haben wir dir damals alle vertraut. In dem roten Umschlag wirst du den Anhänger finden, den sie mir in unserer letzten Nacht geschenkt hat. Bring ihn zurück zu ihr und wenn sie nicht mehr leben sollte, dass, leg ihn auf ihr Grab. Sie wird dann wissen, dass unsere Liebe aufrichtig war.*

Dein alter Freund Friedrich

Nathan legte den Brief zur Seite. Sir John räkelte sich und blinzelte in die Abendsonne. Sein Wohlbefinden spürte Nathan, als sich dessen Krallen, in seine Beine gruben.

»Jonny, lass es mal gut sein mit deiner schmerzhaften Zuneigung, ich bin gerade etwas verwirrt und muss in Ruhe nachdenken.« Sir John schien zu spüren, dass es besser wäre sich einen anderen Liegeplatz zu suchen, sprang auf den Boden und verschwand hinter Li´s Kräuterkübeln. Nathan streckte sich und atmete tief ein. »Mein lieber Herr Lewinsky, das Ganze ist aber ein ganz persönliches Ding,« grübelte er. Warum kümmerte sich Benaja nicht selbst um diesen Fall, wenn sie doch schon seit ihrer Kindheit befreundet waren? Ihm war unwohl bei dem Gedanken, sich in deren Vergangenheit einzumischen. Klar, der Alte war ein merkwürdiger Kauz und oft wusste man nicht, wie man bei ihm dran war, aber er war aufrichtig und sicher war ihm jegliche Lüge fremd. Morgen würde er ins Büro fahren und ihn um ein Gespräch bitten. Er brauchte nichts anderes als mehr Informationen, um die Geschichte und den Auftrag besser zu verstehen. Kurz nach halb acht in der Früh betrat Nathan den Innenhof der Kanzlei mit einem merkwürdigen Gefühl. Er hatte letzte Nacht lange nachgedacht, über das Notariat, Benaja und seine Zukunft. Beabsichtigte der Alte etwa, ihn zu testen, wie weit er für ihn gehen würde? Alma lächelte wie immer als er Lewinskys Vorzimmer betrat.

»Guten Morgen Nathan, ich dachte du wärst unterwegs!«

»Unterwegs, wohin?« »Herr Lewinsky hat mich wissen lassen, dass du nach Italien fahren wirst und ein paar Tage nicht hier sein kannst.«

»Darüber wollte ich gerade mit ihm sprechen. Es gibt da, sagen wir es einmal so, einigen Klärungsbedarf. Können sie ihn bitte sagen, dass ich ihn gerne sprechen würde.« Alma lächelte und schüttelte langsam den Kopf.

»Das würde ich gerne, aber Benaja ist leider nicht hier. Er musste wegen einer der Akten von unten, nach Kroatien fliegen. Heute Morgen ist er abgereist. Ich rechne damit, dass er erst in einer Woche wieder da ist.« Nathan setzte sich auf einen der Stühle vor Almas Schreibtisch.

»Sie arbeiten doch schon so lange für ihn, helfen sie mir einige Dinge besser zu verstehen. Diese Akten im Erdgeschoss, warum bekommt gerade er so viele Wünsche von Menschen. Er ist ein alter Mann und dort unten liegen die Geschichten von Toten. Ich habe eine davon gelesen und dieser Mensch erwartet von mir, dass ich etwas zu Ende bringe, was er nicht konnte. Oder anders, Benaja erwartet es von mir. Warum tut er es nicht selbst? Sie waren Freunde und haben eine Verbindung zueinander, die bis in ihre Kindheit führt.« Alma legte ihre Brille auf den Tisch und seufzte.

»Nathan, wie viele Leute arbeiten hier?«

»Mit mir genau zwölf. Warum?«

»Benaja ist nicht allein. Denken Sie etwa wir bearbeiten nur Erbangelegenheiten? Benaja ist ein reicher Mann. Er müsste schon lange nicht mehr arbeiten. Wir arbeiten hauptsächlich für diese Geschichten im Erdgeschoss. Jeder von uns war schon vielmals an Orten, wo eine Geschichte begann und nie zu Ende ging. Wir beantworten Fragen, oder lösen Versprechen ein. Benaja ist ein wunderbarer Mensch. Vertrauen Sie ihm.«

»Vertraut er mir?« Alma zog eine der Schubladen ihres Schreibtisches auf und zog ein Flugticket heraus.

»Ihr Flug geht Morgen um 7.30 Uhr.«

»Wie konnte er wissen...?« Alma reichte ihn das Ticket.

»Vielleicht Vertrauen? Er mag Sie sehr Nathan und das wissen sie auch. Enttäuschen Sie ihn bitte nicht.« Er zögerte eine Sekunde, dann griff er nach dem Flugschein.

»Alma ich weiß nicht wie ich mich verhalten soll, wie kann ich Sophia finden?«

»Sie haben doch Friedrichs Geschichte gelesen, folgen sie seinen Spuren. Eine Gewissheit, Erfolg zu haben gibt es nie, aber wir werden es immer versuchen. Auch das kann Bestimmung sein. Wenn Sie wollen, erzähle ich Ihnen die Geschichte meines ersten Auftrages. Vielleicht verstehen Sie dann besser um was es hier geht.

Meine erste Begegnung mit Benaja war eher zufällig. Ich arbeitete in einer Wäscherei. Die Arbeit war hart und mein Chef war ein unleidlicher Trunkenbold, der seine Frau tyrannisierte. Man konnte ihm nichts recht machen und, wenn trotz aller Sorgfalt mal etwas danebenging, rastete er schlichtweg aus. Herr Lewinsky war schon seit Jahren Kunde bei uns, war aber noch nie Zeuge einer solchen Auseinandersetzung geworden. An einem Tag im Mai, er betrat gerade unseren Laden um ein paar Hemden abzuholen, geschah das Unglück. Ich trug einen Korb mit Bettwäsche durch die Hintertür in den Hof, um sie zum Trocknen aufzuhängen. Dabei stieß ich ungewollt eine Flasche Bleichmittel um, die sich über einen Korb mit Herrn Lewinskys Hemden ergoss. Als mein Chef dessen Hemden so vorfand, konnte ich ihn bis in den Hof hinaus toben hören. Er kam heraus, packte mich am Oberarm und zerrte mich zum Verkaufstresen. Er zeigte Herrn Lewinsky die Hemden und beschimpfte mich als unfähiges, dummes Stück, undankbar und faul. Er würde mir natürlich den

Schaden vom Lohn abziehen und mich vor die Tür setzen. Benaja starrte in meine verängstigen Augen, griff den Arm meines Chefs und sagte leise aber bestimmt.«

`Sie lassen jetzt sofort die Frau los. Wenn ihnen durch dieses Missgeschick, für das kein Mensch etwas kann, Schaden entstanden sein sollte, was ich aber nicht glaube, werde ich diesen bezahlen. Ich beabsichtige ihren Laden nie wieder betreten. Nicht etwa, weil sie unzureichende Arbeit abgeliefert haben, sondern weil sie ein unbarmherziger, selbstsüchtiger Mensch sind.´

»Mein Chef ließ augenblicklich meinen Arm los und stand fassungslos neben mir.« `Wie heißen sie denn junge Dame? ´

»Fragte mich Benaja. Ich nannte ihn den Namen und er griff nach meiner Hand.«

`Wenn sie nicht beabsichtigen, hier nicht den Rest ihres Lebens zu verbringen, folgen sie mir. Ich habe sie in Vergangenheit stets freundlich und aufmerksam erlebt. Dieser Mensch scheint solche positiven Eigenschaften nicht zu schätzen. Verlassen sie ihn und arbeiten sie für mich. Ich denke, wir würden gut zusammenpassen. ´

»Ich holte meine Tasche und kehrte der Wäscherei für immer den Rücken. Glauben sie mir Nathan, ich habe es keine Sekunde meines Lebens bereut.

Monate später, ich hatte mich gut eingearbeitet, fiel mir auf, dass Herr Lewinsky im Erdgeschoss Akten holte, die nie auf unserem Tischen landete. Auch war er in unregelmäßigen Abständen auf Reisen an Orten in Deutschland und ganz Europa. Ich spürte, dass er oft sehr erschöpft und traurig schien, wenn er abends sein Büro verließ. So beschloss ich, ihn darauf anzusprechen. Im

Treppenhaus, wartete ich auf ihn und kam so zu meinem ersten Fall.

Was denken Sie, wie sich ein Vater fühlt, der mit Gewissheit weiß, dass er es nie erleben darf, wie sein einziger Sohn erwachsen wird. Er kann nicht neben dem Fußballfeld stehen und ihm bei seinem ersten Tor zujubeln. Er ist ihm vergönnt, zu erleben, wie der Junge seinen Schulabschluss macht und studiert oder eine Lehre beginnt. Niemals sehen, wie aus dem Jungen ein Mann wird, heiratet und stolz auf eigene Kinder ist. Die Diagnose einer Routineuntersuchung, dreht eine Sanduhr um und plötzlich weißt du ganz genau, wie viel Lebenszeit dir noch vergönnt ist. Dein Kind ist fünf Jahre alt und wenn es seinen sechsten Geburtstag feiert, hat es keinen Vater mehr. Punkt!

Genau dieser Mann, lebte in Wegscheid, im Bayerischen Wald an der Grenze zu Österreich. Er versuchte seinem Sohn zu erklären, was bald geschehen würde. Verpackte es in Geschichten von Zauberern und einer wunderbaren Welt, in der er für das Gute kämpfen musste. Aber es könne auch sein, dass er lange, lange Zeit weg sein würde und erst wieder nach Hause kommen durfte, wenn die ganzen bösen Mächte vertrieben sind. Der Junge war sehr traurig und bat seinen Vater doch hier zu bleiben, bei ihm und seiner Mutter. Der Vater versprach dem Jungen, immer zu seinem Geburtstag, ein Feuer auf dem Berg hinter dem Haus anzuzünden. So sollten sie sehen, dass es ihm gut ging. Ich reiste sieben Jahre nach Wegscheid. Immer am 9. Juni am Geburtstag des kleinen Stefan. Mit Wanderschuhen und Rucksack, stieg ich abends den steilen Berg hoch. Bis zu einem kleinen Plateau mit einer Wiese. Sammelte Brennholz und wartete auf den Sonnenuntergang. Ich war stets ganz allein dort oben. Es tut manchmal gut, alleine zu sein. So sah ich zu, wie die Schleier der Nacht die letzten roten Wolkenfetzen einfingen und sich die Dunkelheit über das Tal legte. Ich wusste, dass der kleine Stefan mit seiner Mutter am Fenster stand und wartete. Mit einem Streichholz entzündete ich das trockene Gras, das ich unter das Holz gesteckt hatte. In Sekundenschnelle züngelten die Flammen immer höher und ergriffen Zweige und Äste und fraßen sich immer tiefer in den wirrem Haufen. Funken stieben in den Nachthimmel. Wie hunderte von Glühwürmchen jagten sie empor und verglühten. Das Holz prasselte und knackte und die Hitze wurde so groß, dass ich einige Meter zurücktreten musste. Ich sah hinunter ins Tal, wo die Lichter der Ortschaft funkelten und ich wusste, dass das Kind am Fenster stand und mit aller Kraft seines Herzens sicher war, dass es seinem Vater gut ging. Ich hatte natürlich auch Kontakt zu seiner Mutter und sie berichtete mir immer, dass Stefan jedes Mal aufs Neue glücklich war und voller Aufregung hüpfte.

Ich war stets allein, als ich den Berg hochstieg. Bis zu diesem siebten Jahr. Der Stapel war schon fast bis zur Hälfte heruntergebrannt, als ich spürte, dass jemand in der Nähe war. Etwa zehn Meter neben mir, saß ein junger Mann in der Wiese und blickte ebenfalls ins Tal. Natürlich erschrak ich aber irgendetwas in mir sagte mir, dass ich keine Angst vor ihm zu haben brauchte. So entschied ich mich ihn anzusprechen.«
`Sitzen sie schon lange da? ´
`Seit fünf Jahren. Nicht etwa die ganze Zeit, sondern nur an diesem besonderen Tag. Zuerst dachte ich, der kleine Stefan hat eine zu rege Fantasie. Wissen sie, ich bin sein Lehrer und darum weiß ich, wann die Kinder Geburtstag

haben. Da liegt es nahe, sie danach zu fragen, was sie sich wünschen. ´

»Seine Antwort kam prompt.«

´Ich wünsche mir nur, dass heute Nacht das Feuer auf den Kesselberg brennt. Dann weiß ich, dass es meinem Vater gut geht und er immer auf der Seite der Guten kämpft. Er zündet jedes Jahr ein Feuer für mich an. Uns ist es nicht erlaubt, ihn zu sehen, aber er ist immer in unserer Nähe.´

»In dieser Nacht stand ich das erste Mal im Tal und blickte hinauf zum Kesselberg. Ich konnte es kaum fassen, kaum wurde es dunkel, erkannte ich oben an der Kante, einen hellen Punkt. Dieser wuchs und wurde immer heller. Es war wirklich ein Feuer, was dort oben brannte. Der kleine Stefan hatte wirklich Recht. Ich wurde neugierig und stieg den Berg hinauf. Ich beobachtete sie, wie sie am Feuer saßen und ich spürte auch, wie zufrieden und glücklich sie waren.

Es ergab sich, dass ich Stefans Mutter beim Spazierengehen, ein paar Tage später, zufällig traf. Wir gingen einige Zeit nebeneinander und ich erzählte ihr von Stefans Wünschen und auch vom Feuer. So erfuhr ich, was sein Vater über seinen Tod hinaus für ihn tat und das berührte mich wirklich sehr. Sie erzählte mir auch von ihnen und so wollte ich erfahren, was für ein Mensch das ist, der solche Wünsche erfüllt.

Ich hatte aber nie genug Mut, Sie anzusprechen. Es war etwas Geheimnisvolles, Wunderbares was Sie umgab und genau das wollte ich nicht zerstören.«

`Warum haben Sie sich mir heute gezeigt?´

`Ich und Stefans Mutter sind uns die letzten zwei Jahre immer nähergekommen. Sie weiß, dass ihr Mann es sich gewünscht hatte, dass sie nicht alleine bleiben sollte.

Ich werde ihr die Zeit lassen, die sie braucht, denn ich habe beide überaus liebgewonnen. ´

`Wie lange glauben Sie, wird er vermutlich nach dem Feuer sehen.´

`Das ist genau das, worum ich Sie bitten möchte. Ich würde ihnen gerne ihre Verpflichtung abnehmen.´

`Das war es nur am ersten Tag, dann, als ich spürte, was so eine Kleinigkeit bewirken vermag, habe ich es stets mit Freude getan. ´

»Ich gab in dieser Nacht dem jungen Lehrer die Streichholzschachtel. Zurück in Berlin, legte ich die Akte zu den erledigten Fällen im Erdgeschoss. Wissen Sie Nathan, es wird im Leben immer Dinge geben, die man versäumt hat zu sagen oder zu tun. Wir rennen oft wie ein Hamster im Rad und sehen nur die Sachen, die unmittelbar vor uns liegen, aber weder was hinter uns, oder neben uns ist. Damals, auf diesen Berg, habe ich gelernt, dass Sehen nur ein Wort für sämtliche Arten der Wahrnehmungen ist. Ich musste an den kleinen Prinzen denken, wie er sagte:

»Man sieht nur mit dem Herzen gut, das Wesentliche ist für die Augen unsichtbar.«

Diese Zeilen von Antoine de Saint-Exupéry sind die simple Erklärung für Etwas, was in uns steckt, aber oft nicht den Weg aus uns herausfindet. Schwächen, Ängste, Glück verborgen unter Scham oder Stolz. Wenn wir nicht sehen, warum unser Gegenüber leidet oder sich fürchtet, wie sollen wir ihm denn helfen? Niemals! Das war aber nicht das Ende der Geschichte.

Stefan wurde älter. Er ist mittlerweile zwanzig Jahre alt. Er stand bis letztes Jahr am Fenster und hat hoch zum Kesselberg gesehen. Am zwanzigsten Geburtstag hat er seinen Stiefvater, den Lehrer gefragt, ob es nicht an der Zeit wäre, hoch hinauf auf den Kesselberg zu steigen. Er hatte sich vorgenommen, selbst ein Feuer anzuzünden, um seinen Vater zu zeigen, dass es ihnen an nichts fehlte. So stiegen Stefan, die Mutter und der Lehrer hoch bis auf die Kante, sammelten gemeinsam Holz und entzündeten den Stapel. Sie saßen lange dort oben, redeten oder sahen schweigend hinab ins Tal. Stefans Vater saß bei ihnen und als die drei später wieder nach Hause schlenderten und das Feuer erlosch, durchschritt Stefans Vater, das Tor zu einer phantastischen Welt, die fernab von allen liegt, was unsere Vorstellungskraft zulässt. Du wirst es nicht glauben Nathan, aber mir ist es möglich, wenn ich die Augen schließe, das Prasseln des Feuers zu hören, den Duft von frisch gemähten Gras und den Rauch der Flammen zu riechen.

Ich war dort oben nie allein, Stefans Vater saß stets neben mir.« Nathan sah Alma tief in die Augen und er konnte darin Freude lesen.

»Ich werde morgen nach Italien fliegen.«

Benaja schlenderte durch die Altstadt von Pula. Er flog nicht gerne, aber selbst zu lange Autofahrten, machten seinem Rücken stets zu schaffen. Er suchte sich eine schattige Gasse und ließ sich auf den Korbstuhl eines Cafés nieder. Die Bedienung ließ nicht lange auf sich warten und er bestellte eine Tasse Kaffee und ein Glas Wasser. Schweißperlen krochen über seine Stirn, als er den Brief von Isaak Goldstein öffnete. Dieser war zum gegenwärtigen Zeitpunkt vier Jahre alt, als sie sich begegneten. Normalerweise begegnen sich Kinder auf der Straße beim Spielen oder in der Schule. Isaak aber stand im knöcheltiefen Schlamm, vor der Kinderbaracke in Buchenwald und weinte. Der Kinderblock, beherbergte an die 800 Jugendliche und Kinder. Benaja war damals fünfzehn und war als arbeitsfähig eingestuft, so war er nützlich für die Nazis und blieb vorerst am Leben. Die Lebensbedingungen im Lager waren furchtbar. Die nicht arbeitsfähigen Kinder, bekamen weniger zu essen und waren genötigt, das gegen die Übergriffe von Älteren verteidigen. Die Verrohung im Kinderblock, nahm immer mehr zu und es galt bald das Gesetz des Stärkeren. Kinder wie Isaak, hatten langfristig keine Überlebenschance, es sei denn, einer der Älteren erbarmte sich und nahm sich eines Jüngeren an, was aber eher die Seltenheit war. Benaja wusste, dass es besser war, sich aus vielen Dingen heraus zu halten, doch dieser kleine Kerl mit den Segelohren und roten Haaren, die wie Feuer leuchteten, hatte es ihm angetan. Er kniete sich vor ihm nieder, wischte ihm mit dem Handrücken den Rotz von der Nase und mit der anderen Hand die Tränen weg.

»Wie heißt du denn du kleiner Feuerkopf?« Mit großen Augen sah ihn dieser an und mit stockender Stimme antwortete er: »Isaak, ich bin Isaak Goldstein.«

»Na gut Isaak Goldstein, dann werde ich dir mal zeigen, wo du schlafen kannst.« Benaja nahm ihn an die Hand und sie tappten in die Baracke. Hunderte von Augen beobachteten die beiden, als sie eintraten. Die meisten bedauerten eher Benaja, der sich einen zusätzlichen Fresser aufgehalst hatte. Der Kleine würde eh bald sterben, oder mit einem der Transporte weggebracht. Er war zu nichts nütze und das bedeutete immer das Todesurteil. Benaja wusste es genau, er war verpflichtet, täglich mit dem Leichenkarren durch alle Blocks zu schieben und die einzusammeln, die den einzigen, möglichen Weg hier herausgefunden hatten. Es gab zwar einige, die es auf anderen Wegen versuchten, aber keiner von ihnen hat es geschafft. Die MG-Salven die man gelegentlich hörte, erklärten eindringlich die Sinnlosigkeit solcher Unterfangen. Manche wurden lebend geschnappt und als abschreckendes Beispiel, an den Laternenpfosten der Straße, die durch die Blocks führte, aufgehängt. Es war ein Anblick, an den man sich nicht gewöhnte. Vor allem nicht, wenn man noch ein Kind ist. Nicht nur diese Grausamkeiten quälten unsere Seelen in schlaflosen Nächten. Es war mehr die Einsamkeit und die Ungewissheit, was aus unseren Familien geworden sein mochte. Isaak weinte jede Nacht und Benaja tröstete ihn. Wir wissen heute zwar, wie viele Menschen in dieser Zeit ermordet wurden, aber wir werden nie erfahren, welche Unmengen an Seelen sie zerstört haben. Sie wurden gezwungen, Dinge mit ansehen, die nicht für Kinderaugen bestimmt waren, furchtbare und grausame Dinge. Die Tragik daran war, dass das für die Kinder zum Alltag wurde. All die Morde und Misshandlungen, begegneten ihnen auf Schritt und Tritt. Die Erhängten, die Verhungerten und die, die tot im Stacheldraht hingen. Wir waren Kinder, unschuldig, aber etwas veränderte uns, schlich sich in die Träume wie ein Krebsgeschwür. Nur, dass es keine Zellen fraß, sondern unser Mitgefühl.

Benaja zahlte und begab sich auf den Weg zu seiner Unterkunft. Morgen würde er sich eine Karte für die Fähre kaufen und nach Premuda übersetzen. Isaak hatte ihn nicht vergessen, genau so wenig, wie er ihn.

Nathan war nie zuvor in Venedig. Es hatte für ihn immer so etwas Schnulziges und reizte ihn als Reiseziel nicht. Als er damit beschäftigt war, seine Sachen zu packten, kam Li zurück. Er hörte, wie sie sanft den Schlüssel ins Schloss schob und ebenso leise den Knauf drehte und den Gang betrat. Sie war im Gegensatz zu Andre, der immer mit der Tür ins Haus fiel, rücksichtsvoll und stets bemüht, niemand zu stören. Nathan öffnete die Tür zum Flur und sah wie Li, mit ihren flachen Schuhen in der Hand, in Richtung Küche schlich.

»Hallo Li, wegen mir brauchst du nicht so leise zu sein!« Li erschrak und drehte sich um.

»Hallo Nathan, ich wusste nicht, dass jemand hier ist, ich wollte mir gerade einen Tee machen.«

»Ja, ich würde auch gerne eine Tasse trinken.« Nathan wünschte sich, mit ihr zu reden und überrumpelte sie mit seiner Selbsteinladung.

»Draußen?« Li lächelte und verschwand in der Küche. Es war das erste Mal, dass er sie lächeln sah.

»Ja gerne, ich bring noch Kekse mit.« Sir John hatte sich auf dem Tischchen bequem zusammengerollt und Nathan scheuchte ihn mit einer Handbewegung herunter.

»Weg da Dicker, den brauchen wir jetzt!« Es dauerte keine drei Minuten und Li kam mit einem Tablett mit

Teekanne und Tassen nach draußen. Mit eleganter Handbewegung füllte sie die diese, mit exzellent duftenden Tee und setzte sich zu Nathan an den Tisch. Sie hatte noch die Arbeitskleidung vom Tai Imbiss an. »Bist du denn um dieser Zeit normalerweise nicht auf der Arbeit?« Li schaute beschämt zur Seite und Nathan spürte, dass etwas nicht in Ordnung war. »Bist du krank? Wenn es dir nicht gut geht, dann...« Li schüttelte den Kopf.

»Nein Nathan, das ist es nicht, mir fehlt nichts. Ich habe vor einer halben Stunde nur meinen Job verloren. Herr Akuma hat mir gesagt, dass er seinen Neffen meine Stelle geben will und ich Morgen nicht mehr zu kommen brauche.«

»Nein Li, so einfach geht das nicht, du hast einen Arbeitsvertrag und auch Kündigungsschutz. Du hast Rechte!« Li sah Nathan in die Augen und schüttelte langsam den Kopf.

»Eure Rechte gelten nicht bei der Familie Akuma und mir war das auch klar, als ich dort die Arbeit angenommen habe. Ich werde später die Arbeitskleidung waschen und bügeln und sie dann morgen früh, zu Herrn Akuma zurückbringen. Dann werde ich mich für die Zeit bedanken, die ich dort arbeiten durfte und ihm und seinen Neffen ein langes Leben wünschen.« Nathan glaubte, sich verhört zu haben.

»Du willst dich bei diesem Unmenschen noch bedanken? Wirf ihm die Sachen doch ungewaschen vor die Ladentür. Soll er doch sehen, dass du wütend bist!«

»Aber Nathan, das bin ich doch gar nicht. Es ist doch richtig was er tut. Er will das Beste für seine Familie, in dem Fall für seinen Neffen. Er hat mir über zwei Jahre eine Arbeit gegeben und er war ein anständiger Chef. Weißt du, Familie bedeutet uns mehr als alles andere, darum wäre es falsch, wütend auf Herrn Akuma zu sein. Ich heiße Li, in Kurzform. Mein ganzer Name ist Li-Mai, das bedeutet `die Liebe´. Könnte die Liebe denn wütend sein?« Sie trank von ihrer Tasse und Nathan überlegte, ob er es heute nicht lassen sollte, Li die Geschichte von Benaja zu erzählen. Sie stellte die Tasse wieder hin und kraulte Sir John im Nacken, der um ihre Beine schlich.

»Ich habe etwas Geld gespart und werde mir eine andere Arbeit suchen. Meinen Anteil an den Mietkosten, kann ich noch eine Weile zahlen.«

»Darum geht es nicht Li, darf ich Li-Mai sagen?«

»Das würde mich sehr freuen, Nathan.«

»Li-Mai, ich mag dich sehr, und auch wenn wir drei sehr unterschiedliche Menschen sind, haben wir keine Probleme miteinander. Andre und ich leben gerne mit dir in dieser Wohnung und wenn es nach uns geht, kann es auch so bleiben. Ich verdiene in der Kanzlei sehr gut und sollte es etwas länger dauern mit dem neuen Job, werde ich deinen Mietanteil gerne übernehmen. Wenn du es nicht als Geschenk annehmen willst, kannst du es mir ja zurückzahlen, wenn du wieder Geld verdienst. Bitte sag ja!«

»Ich weiß, dass du ein guter Mensch bist Nathan. Darum ehrt es mich, dass du mir helfen willst. Ich nehme dein Angebot an aber nur unter einer Bedingung!«

»Die wäre?«

»Erzähl mir endlich was dich bedrückt. Ich spüre das schon die ganze Zeit. Es hat auch etwas mit deiner Arbeit zu tun, nicht wahr?« Nathan war verblüfft. War es möglich, dass dieses zarte, schüchterne Geschöpf so tief in seine Seele blickte? Er nahm einen kleinen Schluck von der Tasse und fing an zu erzählen.

Die Sonne stand schon tief im Westen und die See lag da wie ein Spiegel. Isaak Goldstein hielt die Ruderpinne locker in der rechten Hand und ließ seinen Blick nach Süden wandern. Ihm war klar, dass sein kleines Boot nicht unbedingt seetauglich war. Für kurze Fahrten, in Reichweite von Premuda, hatte es aber stets gereicht. Einen größeren Sturm fernab vom Land aber, konnte es mit Sicherheit nicht überstehen. Genau so, hatte er seinen Abgang geplant.

Er würde einfach verschwinden.

Das Schiff auf den Grund des Meeres und sein Körper Futter für die Fische. Isaak Goldstein würde einfach aufhören zu existieren. Seine Aufzeichnungen und Formeln der letzten Jahrzehnte, hatte er schon vor Tagen in der Feuerstelle vor der Hütte verbrannt. Er empfand weder Wehmut noch Reue. Es waren wertlose Blätter Papier, nur Zeugnisse all dieser vergeudeten Jahre. Die Flammen fraßen sich gnadenlos durch tausende von mathematischen Berechnungen, physikalischen Formeln, philosophischen Abhandlungen und geometrischen Zeichnungen. Nach dem Krieg studierte er an verschiedenen Universitäten, schrieb seine Doktorarbeit in Physik und Chemie, daraufhin studierte er Philosophie und unterrichtete in Heidelberg. Er war ein geachteter Querdenker und konnte sich vor Angeboten nicht retten. Was aber keiner wusste, er arbeitete nur um Geld zu verdienen. Jede Sekunde seiner Freizeit zog er sich zurück in sein »Studierzimmer« wie er es nannte.

Nur ihm war es erlaubt, es zu betreten, denn darin bewahrte er all diese Dinge auf, die Teil seines Lebenswerkes waren. Es gab nur einen Schlüssel und den trug er stets bei sich. Die Haushälterin bat ihn nur ein einziges Mal darum, das Zimmer einmal putzen zu dürfen. Sie stellte diese Frage nie wieder. Es musste an seinem eisigen Blick gelegen haben, der sie wie ein Schwert zu durchbohren schien, als sie fragte. Sie erwähnte das Zimmer nie mehr, bis zu Ihrem Tod vor drei Jahren. Diesen Raum gab es nicht mehr und all die Dinge, die er dort aufbewahrte, sind zerstört und ausgelöscht. Weil er es so entschieden hatte. Was einst wichtig war, war nun bedeutungs- und wertlos. Er dachte an Benaja. Benaja, seinen großen Bruder, den er in Wirklichkeit nie hatte. Es schmerzte ihn, eben diesen geliebten Freund so eine Bürde zu hinterlassen. Aber es gab nur einen Menschen auf dieser Welt, dem er bedingungslos vertraute und das war Benaja. Er würde ihm verzeihen und sein Werk vollenden, davon war er fest überzeugt.

So sah er vor seinem inneren Auge die Ankunft und die ersten Wochen im Lager wieder genau vor sich. Benaja gab ihm stets etwas von den wenigen Essen ab, welches sie bekamen, obwohl er gezwungen wurde, für die Nazis schwer zu arbeiten. Seit einiger Zeit kursierte ein Gerücht, das die jüngeren Kinder, die nicht arbeitsfähig waren, weggebracht wurden. Jeder wusste, dass keiner von ihnen zurückkehrte. Benaja war klar, dass es nur eine Frage der Zeit war, bis sie Isaak holten. Hinter der Kinderbaracke lagen Unrat, Bretter und zwei Regentonnen. Wenn es dunkel wurde, schlich er sich nach hinten und grub heimlich ein Loch. Gerade so groß und tief, dass Isaak darin Platz fand. Dann rollte er eine der Regentonnen darüber, in der etwa ein Viertel stinkiges, brackiges Wasser war. Sie übten das tagelang und Isaak hielt den Jungen an, still zu sein und nicht zu weinen. Im Gegenzug versprach Benaja bei seinem Leben, dass er ihn, wenn die Gefahr vorüber war, wieder befreien würde. Mit der Zeit verschwanden immer mehr der kleinen Kinder und Isaak war gezwungen, tagsüber in der Baracke zu bleiben, um nicht aufzufallen. So bekam er kein Essen mehr und Benaja gab ihm stets die Hälfte seiner Portion. Die anderen Jungs beobachteten Isaak argwöhnisch und sahen in ihm eine Gefahr, hatten sogar Angst, er würde sie aus Hunger bestehlen. Benaja stellte sich schützend vor ihn und, da er einer der Stärksten war, ließen sie Isaak zukünftig in Ruhe. Dann, kurz bevor Buchenwald befreit wurde, was ja noch keiner der Kinder zu wissen vermochte, kam dieser ukrainische Junge ins Lager und in ihre Baracke. Es war nichts Ungewöhnliches, es waren viele andere polnische und ukrainische Kinder da. Doch dieser Junge war merkwürdig. Er saß stets in der dunkelsten Ecke, suchte keinen Kontakt zu den anderen und sprach so kein Wort. Niemand kümmerte sich um ihn und es wäre mit Sicherheit so geblieben, wäre da nicht ein Junge an der Essensausgabe gewesen, der ihn erkannte. Wir standen im strömenden Regen in einer langen Reihe. Jeder seinen Blechnapf in der Hand, der schon halb voll Regenwasser war. So warteten wir hungrig darauf, dass wir eine Schöpfkelle von einer nicht zu definierenden Masse und ein Stück hartes Brot bekamen. Der Junge, er hieß Andriy stand etwa zwei Meter vor Benaja in der Schlange. Der, der den Brei verteilte, füllte gerade dessen Napf, als er in der Bewegung erstarrte. Er ließ die Kelle fallen, zeigte mit dem Finger auf Andriy und schrie aus voller Stimme.

»Zradnyk, Zradnyk!!! Verräter, du Verräter! Ich kenne dich!« Der Junge ließ seine Schüssel fallen, drehte sich um und rannte davon. »Er hat für die Nazis gearbeitet!«, schrie der Junge, »er hat ihnen geholfen, die

Frauen und Kinder zu den Gräben zu treiben. Sie haben sie alle erschossen und die, die verletzt waren und noch am Leben, wurden bei lebendigen Leib verbrannt, als sie das Benzin in die Gräben schütteten und anzündeten. Wir haben die Schreie bis ins Lager gehört!«

Als Benaja und die anderen Jungs in die Baracke kamen, redete keiner ein Wort. Sie setzten sich auf den Boden, oder auf ihre Bettkanten und aßen das, was sie bekommen hatten. Der Junge saß weit hinten im Dunkeln und weinte leise vor sich hin. Isaak hockte in der anderen Ecke und wartete auf Benaja. So still war es sonst nie und Isaak wusste, dass etwas Schlimmes passieren würde. Benaja kam nach einer halben Ewigkeit zu ihm und gab ihm die Hälfte von dem Essen. Gierig aß Isaak seinen Anteil. Benaja setzte sich neben ihn und legte den Arm um ihn.

»Wir haben doch das mit der Regentonne geübt. Heute musst du es ganz gut machen, verstehst du mich, ganz gut. Ich werde gleich hinter die Baracke kommen und die Tonne übers Loch schieben. Halte dir die Ohren zu und sei ganz, ganz still! Verspreche es mir!« Isaak fragte nicht nach dem Grund und so versprach er es und schlich nach draußen und hockte sich wie vereinbart in das Erdloch. Es regnete weiterhin und seine Füße standen bis zu den Knöcheln im Schlamm und es war nass und kalt.

»Benaja, mir ist kalt und ich friere, muss ich lange hierbleiben?« Benaja sagte nichts, rollte das Fass über das Erdloch und es wurde dunkel. Isaak hielt sich die Ohren zu und weinte leise vor sich hin. Es kam ihm wie eine Ewigkeit vor und seine Beine waren schon taub vor Kälte, als Benaja zurückkam. Er hob den Kleinen aus dem Loch und trug ihn auf den Armen zurück in die Baracke. Es war merkwürdig still und Isaak fragte leise.

»Sind die Soldaten fort? Habe ich alles gut gemacht?«   »Ja, Isaak, sie sind wieder fort. Du hast alles ganz richtiggemacht, du hast sehr gut aufgepasst.« Er legte Isaak in sein Bett, breitete eine zerfledderte Decke über ihn und kuschelte sich daneben. Er drückte sich eng an ihn, um ihn zu wärmen, und weinte lautlos. Der Junge aus der Ukraine, war am nächsten Tag verschwunden. Isaak fragte Benaja.

»Haben die Soldaten gestern Andriy geholt?«

»Ja, Isaak, sie haben ihn geholt und er wird nicht wiederkommen. Frag nicht mehr danach, hast du mich verstanden?«

»Ja, Benaja, ich frage nicht mehr.« Er ließ den Kleinen in dem Glauben, denn die Wahrheit war so unwirklich und grausam, er hätte es nicht verstanden.

Tiefrot versank die Sonne am Horizont Richtung Italien. Isaak verspürte Durst und Hunger, aber er wusste, dass er keine Nahrungsmittel mitgenommen hatte, es sollte ja kein Ausflug in eine Bucht an der Westküste von Premuda werden, oder ein Sonntag mit Ivo, wenn sie zum Fischen hinausfuhren. Dieser Junge erinnerte ihn an den kleinen Friedrich, der ebenfalls im Lager lebte. Er war zwar älter als Isaak, aber er war einer der Wenigen, die manchmal mit ihm spielten. Wenn die brutalen Kapos die arbeitsfähigen Jungen hinaustrieben um sie zu irgendwelchen sinnentleerten Arbeiten zu zwingen, blieben Isaak und Friedrich oft zurück. Sie versteckten sich hinter dem Unrat an der Rückseite der Baracke. Dort malten sie mit den Fingern Tiere in den Sand, oder lagen auf dem Rücken und sahen nur den Wolken zu, die friedlich übers Lager zogen. Als sie etwas entfernt das dumpfe Rattern einer MG hörten, nahm Friedrich Isaaks Hand und drückte sie ganz fest.

»Weißt du, sagte er leise zu Friedrich, Benaja hat mir versprochen, dass wir bald frei sein werden, also brauchst du keine Angst haben!« Friedrich riss seine Hand weg und fuhr Isaak an.

»Benaja weiß gar nichts! Sie werden uns alle ermorden. Sie werden alle Juden und die Anderen im Lager umbringen und auch Benaja kann das nicht verhindern! Der alte Levi hat es mir gesagt, es gibt überall solche Lager und die Deutschen hassen uns so sehr, dass keiner uns helfen wird!«

Isaak wurde wütend und hatte Tränen in den Augen.

»Benaja hat recht! Er hat mir erzählt, dass die Amerikaner uns helfen und sogar die Engländer und die Russen! Der Krieg wird bald zu Ende sein. Ein junger Soldat hat es ihm erzählt. Er bewacht die Arbeiter, die die Toten einsammeln. Er will das alles nicht und er wollte auch nie Soldat werden, aber sie holen die Kinder aus den Schulen und stecken sie in Uniformen. Sie haben zu wenig Soldaten und Hitler wird immer schwächer. Der Soldat hat zu Benaja gesagt, dass alle im Lager nervös sind und Angst haben. Die Amerikaner sind schon ganz nahe und es gibt Pläne das Lager aufzugeben. Wir sollen aufpassen und uns verstecken, sonst werden sie uns eventuell töten, damit wir sie nicht verraten.«

»Hast du das schon den anderen erzählt?« Isaak schluckte. »Nein Benaja hat gesagt, er will noch warten, bis sich etwas tut und dann allen davon berichten.« Sie glaubten, in der Ferne Donnergrollen wahrzunehmen, und schlichen sich wieder in die Baracke zurück. Was sie zu diesem Zeitpunkt nicht wussten, das war kein Donner, sondern Geschützfeuer des Kampfkommandos A der sechsten, gepanzerten Division der 3. US-Armee von General Patton, die auf Widerstand von SS Truppen trafen.

Nathan griff nach der weiß-blauen Teekanne und schenkt sich den letzten Rest von Li`s Tee in die Tasse.

»Was denkst du jetzt?«

»Ich freue mich, mit dir unter einem Dach zu leben und ich fühle mich geehrt, dass du mir deine Geschichte anvertraut hast. Aber weißt du, was ich sehr traurig finde? All diese Menschen fanden zeit ihres Lebens nicht den Mut, sich dem Anderen anzuvertrauen oder das zu tun, was ihr nun für sie tut.« Nathan stand auf und holte eine Flasche Wasser aus der Küche.

»Weißt du Li-Mai, ich denke, es hat ihnen genau das gefehlt, was uns allen oft fehlt.«

»Und das wäre?«

»Mut! Wie oft treffen wir auf Situationen, in denen es nur ein klein wenig Mut bedurft hätte und unser Leben wäre vielleicht in ganz andere Bahnen gelenkt worden.«

»Das mag sein Nathan, aber da gibt es auch die Angst und die kann größer sein als der Mut. Ich hätte dich zum Beispiel nie gefragt, ob du einen Tee mit mir trinken möchtest, dazu bin ich viel zu schüchtern.«

»Aber du hast es getan, als ich dich fragte, also warst du sehr mutig und dein Mut war stärker als die Angst. Weißt du, wir denken oft, wir haben ein ganzes Leben Zeit, um alles zu erledigen oder zu tun. Oft schieben wir Dinge vor uns her, weil es uns vielleicht unangenehm ist, oder wir uns vor der Reaktion der Anderen fürchten. Aber es kommen immer wieder neue Verpflichtungen, oder Fehler dazu, denn vollkommen sind wir alle nicht. So ist es wie bei meiner Postschachtel, die bisweilen überquillt. Ich lege erst einmal alles hinein, mit dem Vorsatz am Wochenende alles auszusortieren und zu erledigen. Am Wochenende ist schönes Wetter und ich gehe mit Andre an die Spree, oder wir fahren zum Baden an dem Wannsee. Unter der Woche arbeite ich und abends bin ich zu müde. Am nächsten und an den darauffolgenden Tagen, kommt aber täglich der Briefträger und steckt wieder Umschläge und Postkarten hinein. Die Schachtel wird voller und voller und erst nach drei Wochen, raffe ich mich auf und setze mich eines Abends hin und sortiere alles aus. Wäre alles nicht schlimm, aber da war ein Brief mit einer Einladung dabei. Von Steffen, einen wirklich netten Schulfreund von mir. Er war drei Tage zu Besuch in Berlin und wir hatten uns schon über zehn Jahre nicht gesehen. Er hatte im Yorkschlößchen einen Tisch reserviert und mich eingeladen, mal über alte Zeiten zu quatschen. Das war vor vier Tagen. Weißt du nun, was ich meine? Es war ihm sehr wichtig und ich bin einfach nicht hin, weil ich schlampig war. Ich habe mich geschämt und als ich ihn Tage später anrief, habe ich gelogen. Ich wäre zwei Wochen im Urlaub gewesen und hätte den Brief deshalb erst so spät gelesen. Ich war einfach zu feige, ihm die Wahrheit zu sagen. Er war mein Freud Li-Mai! Das hätte ich nicht tun sollen. Ich habe genau das Gleiche getan, wie alle Menschen in den Akten unter Lewinskys Büro!«

»Aber du lebst Nathan, du kannst deinen Fehler wiedergutmachen. Diese Menschen in Lewinskys Akten, hätten das auch tun können, aber das Leben legt einen manchmal Steine in den Weg, oder lässt Brücken einstürzen. Nicht alle haben Schuld. Viele sind einfach ein Opfer von Umständen geworden und ich finde es ist eine sehr ehrenhafte Aufgabe, ihren letzten Willen zu erfüllen. Würdest du das auch für mich tun?«

Nathan erschrak, da saß ihm eine blutjunge und außerordenlich hübsche Thailänderin gegenüber und fragte ihn, ob er ihren letzten Willen erfüllen würde.

»Li-Mai, warum fragst du mich, ist etwa...?« Sie lachte und schüttelte den Kopf.

»Nichts Nathan, da ist nichts von dem ich etwas wüsste. Ich möchte auch nicht wissen was kommt. Es ist uns vorbestimmt und es ist unveränderbar. Warum will man so etwas wissen. Es ist das Leben, das uns die Möglichkeit gibt, Gutes zu tun. Warum sollte ich nach dem Tod fragen, wenn er nicht nach mir fragt. Ich lebe gerne Nathan, aber womöglich sehen wir uns einmal in der Ewigkeit wieder und ich sage dir, ich bin gerne tot. Ich weiß es nicht, aber tot zu sein heißt ja nicht zu verschwinden. Ich hatte einmal einen Traum:

Scheinbar war ich gestorben. Ich konnte ein paar Menschen an meinem Grab stehen sehen. Gut so viele Freunde habe ich nicht. Es war ein schöner Tag und die Sonne schien. Es müsste Mai gewesen sein, denn der Löwenzahn blühte rundherum auf der Wiese. Ich konnte Herrn Akuma mit seiner Frau sehen. Meine Arbeitskollegen aus dem Imbiss. Den türkischen Bäcker, der mir immer ein kleines Fladenbrot schenkt. Der Busfahrer von Haltestelle zwölf, wo ich immer zusteige. Ben Kulwik, dessen Eltern mich als Babysitterin am Samstag angestellt haben und der alte Roman Käpp, den seine Zechkumpane nur Rotkäppchen nennen. Ich lauf immer an der Ecke vorbei, wo er mit seinem Hund, den er Knochensack nennt, bettelt. Ich bring ihm immer ein Curry oder gebratene Nudeln mit, weil er immer so nett `Guten Abend Schönheit´ sagt. Es war kein

Pfarrer da. Ich mag Pfarrer nicht. Einer nach dem anderen, ging nach vorne an mein Grab. Jeder sprach mit mir, sogar Knochensack legte sich auf die aufgehäufte Erde neben meinem Grab und blickte auf meinen Sarg. Herr Akuma verbeugte sich und dankte mir für meine Arbeit. Der Bäcker flüsterte etwas verschämt, ´Sie lächelte immer so nett!´ Andre und du waren auch da. Andre entschuldigte sich, weil er immer so oberflächlich war und lieber mit dir ein Bier trinken gegangen war, als sich mit mir bei einer Tasse Tee zu unterhalten.«

Nathan unterbrach Li.

»Und, was habe ich gesagt?«

Die Unterkunft lag in einer engen Seitenstraße. Fernab vom Lärm des Touristenstroms von Pula. Benaja war müde und erschöpft. Diese Art von Reisen, würde er nicht mehr lange schaffen. Er war froh, in Nathan einen würdigen Nachfolger gefunden zu haben. Er würde eines Tages Benajas Akte finden und dann verstehen, warum sein Chef seine restliche Lebenszeit dafür opferte, anderen Menschen den letzten Willen zu erfüllen.

Das Zimmer war bescheiden aber sauber. Keine schmuddeligen Decken und Handtücher. Für eine Nacht echt in Ordnung. Morgen Früh würde er sich im Hafen nach einer Fährverbindung nach Premuda umsehen. Die Jadrolinija Fährgesellschaft, hatte das Monopol in Kroatien und fuhr fast alle Verbindungen zwischen den Inseln und dem Festland an. Es gab keinen Winkel, den sie nicht anfuhren. Benaja kannte sie nur von Google Earth. Eine etwa nur zehn Kilometer lange und einen Kilometer breite Insel südöstlich von Pula. Es gab nur eine Straße, die vom Hafen aus an einer Abzweigung endete. Dort gab es ein gewöhnliches Holzschild, das aus zwei Worten und zwei Pfeilen bestand. Darauf stand: hierhin, dorthin. Damit war gemeint, es gibt nur zwei Wege und jeder führt ans Ziel. Oder es sind zwei Wege, die um einen Berg herumführen. Einer links, einer rechts. Kein Weg ist falsch, denn der Weg über den Berg, wäre zwar kürzer aber beschwerlicher. Goldstein war tot, dennoch würde er sein Leben verändern.

Er hatte immer Einfluss auf ihn, seit er ihn kannte. Benaja vermutete, dass er es war, dem er zu verdanken hatte, dass er mit den unterschiedlichsten Bitten von so vielen Menschen versorgt wurde. Isaak hatte ihm immer vertraut, selbst wenn Hoffnung nur ein Lufthauch zu sein schien, war er der Überzeugung, Benaja würde einen Sturm daraus entfachen.

Weit ab vom Lager, hörte man die Artilleriegeschütze näherkommen. Die Wärter wurden von Tag zu Tag und Stunde zu Stunde immer nervöser. An den Rauchsäulen, die seit Tagen zum Himmel stiegen, war zu erkennen, dass die Vernichtungsmaschinerie auf Hochtouren lief. Scheinbar war es das Ziel, möglichst schnell Spuren zu verwischen. Isaak schlief nur noch mit einem geschlossenen Auge. Es war nur eine Frage der Zeit und sie würden kommen um die zu Kinder holen. Er sprach mit Isaak und den anderen Kleinen und vereinbarte einen Treffpunkt hinter der Baracke. Sie hatten an der Rückwand ein Loch gegraben und so war es möglich, die Halle verlassen, ohne durch die vordere Tür zu gehen. Westlich des Lagers, war Infanteriefeuer zu hören. Die Amerikaner kamen näher.

»Hörst du das Isaak, das sind Panzer von den Amerikanern. Die kämpfen gegen die Deutschen. Das ist zwar gut, aber die Deutschen werden versuchen, das Lager zu räumen, die Lagerältesten haben mir davon erzählt. Sie werden nervös und ängstlich sein, aber genau das ist gefährlich. Alles wird sehr schnell gehen und sie werden Fehler machen und genau da liegt unsere Chance. Also hör mir genau zu! Wenn ich es dir sage, verschwindest du mit den Kleinen hinten durch das Loch. Ihr lauft nach rechts zu der Halle, wo ich immer die Leichen hinbringe. Ich habe die letzten Tage die Toten ganz nah an die Halle gebracht und aufeinander geschlichtet. Es stinkt zwar fürchterlich aber lasst euch davon nicht abschrecken. Versteckt euch hinter den Toten. Die Deutschen meiden diesen Platz und wenn die Amis kommen, werden sie mit Sicherheit nicht dort suchen. Ihr müsst bei der Halle bleiben, bis ich euch hole. Hast du das verstanden?« Isaak nickte nur und schwieg. Es war kurz vor Mitternacht. Benaja spürte, dass sich draußen etwas tat. Er hörte Motorengeräusche und weit entfernte Stimmen, die irgendwelche Befehle schrien. Heimlich schlich er sich aus der Baracke und huschte im Dunkeln, bis in die Nähe des Appellplatzes. Scheinwerfer erhellten das Areal und er erkannte, wie die Soldaten unzählige Häftlinge auf LKWs verfrachteten und davonfuhren. Andere trieben sie in Viererreihen im Dauerlauf zum Tor hinaus. Einige stürzten und wurden mit dem Gewehrkolben erschlagen und liegengelassen. Es nahm seinen Anfang! Die SS räumte das Lager. Die Amerikaner waren ganz in der Nähe. Schnell schlich er sich in die Baracke zurück. Er weckte Isaak und die Kleinen. »Die Amerikaner kommen. Die SS bringt schon Häftlinge weg, ihr müsst euch nun verstecken. Isaak du gehst voraus und sorgst dafür, dass alle still sind. Macht es genauso, wie wir es besprochen haben!« Isaak zog Benaja näher zu sich.

»Sie werden viele tote Menschen sehen und furchtbare Angst haben und weinen!«

»Du hast recht Isaak, das dürfen wir nicht tun, aber ich habe eine Idee! Verbindet ihnen die Augen. Reißt Streifen aus den Decken und bringt sie her.« Benaja nahm sich Isaak zur Seite und drückte ihn an sich. »Du musst sie führen, ich kann dir den Anblick nicht ersparen. Denkst du, du wirst es aushalten?«

»Ja großer Bruder, das werde ich!« Und so verbanden sie allen kleinen Kindern die Augen und sie nahmen sich an die Hand, damit Keiner verlorenging. Dann zwängten sie sich nach Isaak, der ohne Augenbinde war, durch das Loch und verschwanden in der Dunkelheit. Minuten später, stürzten zwei Männer vom Lagerkomitee durch die Eingangstür. Sie waren bewaffnet und erklärten den Kindern, dass die SS beabsichtigt, das Lager morgen zu räumen. Die Amerikaner wären nur wenige Kilometer entfernt und sie planten, Widerstand zu leisten, bis diese eintreffen. Sie postierten sich an der Eingangstür und versprachen den Kindern, sie zu beschützen.

Diese Nacht schlief Niemand.

Am Morgen hörten sie die Lagersirene, MG-Feuer und Artillerie. Als sie zu den Fenstern hinausblickten, konnten sie Lagerinsassen sehen, die sich bewaffnet hatten und Richtung Appellplatz rannten. Es fielen ständig Schüsse und die Jugendlichen wagten es nicht, die Baracke zu verlassen. Die 3. Panzerdivision von General Patton, das 37. Panzerbataillon und die 4. Division, überrollen die Barrikaden der SS ohne großen Widerstand. Die Besatzungen der Wachtürme flohen und die SS setzt sich ab.

Buchenwald war befreit!

Als immer mehr Häftlinge zum Appellplatz liefen, öffnen die beiden Männer vom Lagerkommando die Türe und als sie immer mehr Rufe `Wir sind frei! ´ vernahmen, fielen sie sich in die Arme.

»Wir sind frei Kinder, wir sind wirklich frei!« Benaja sah, wie sich die Baracke langsam leerte und nach etwa fünf Minuten, saß er alleine auf dem Holzbett und weinte. Er weinte vor Freude. Isaak! Es war an der Zeit, die Kleinen holen. Als er durch die Tore in den Morgen trat, trafen ihn die Strahlen der Sonne und er wusste, dass sein Leben, heute neu beginnt. Die Halle, wo die Leichen abgeladen wurden, war etwa einhundert Meter von der

Baracke entfernt. Während alle in die entgegengesetzte Richtung liefen, folgte Benaja den Gestank der Verwesung. Isaak hatte eine alte Plane vor dem Spalt gezogen, der zwischen den Toten und der Hallenwand war. Schlauer Kerl, dachte sich Benaja. Vorsichtig zog er die Plane weg und im Halbdunkel vermochte er die Kinder sehen, die umringt von ausgemergelten Leichnamen, am Boden kauerten. Nur Isaak saß am Eingang und er lächelte, als er Benaja sah.

»War es schlimm, kleiner Bruder?« Isaak antwortete nicht und fiel Benaja in die Arme. »Sie sind weg, die Nazis sind weg. Wir haben nun das Kommando über Buchenwald und Keiner, Keiner wird uns mehr wehtun, das verspreche ich dir. Kommt nun, nehmen wir uns an die Hand. Wir wollen die begrüßen, die uns und das Lager befreit haben.« Er nahm Isaak an die Hand und Isaak nahm eines der Kinder an die Hand und so verließen sie diesen Platz des Todes. Erst als sie weit genug von den Leichen entfernt waren, ließ Benaja es zu, dass sie die Augenbinden abnahmen. Als sie den Appellplatz erreichten, sahen sie einen amerikanischen Sherman Panzer sehen, der umringt war von jubelnden Häftlingen.

Isaaks Augen waren wach und leuchteten als er Richtung Süden blickte. Dort, weit in der Ferne, lagen Ägypten, Tunesien und Libyen. In spätestens zwei Tagen würde er dehydriert und verwirrt zusammenbrechen. Sein Kreislauf, versagen und sein Herz den ewigen Kampf ums Leben verlieren. So war sein Plan, frei zu wählen wann und wie er stirbt. Nicht einer Krankheit oder der Krebs, sollte es vergönnt sein, seine Organe zerfressen und ihm einen jämmerlichen Tod bescheren. Den Geiseln des Alters, würde er so ein Schnippchen schlagen. Er streckte seine Zunge weit heraus.

»Bäh, siehst du, ich entscheide, wann ich abtrete, nicht du. Ich mache von meinem Recht als Mensch Gebrauch, meinen Körper zurückzugeben an diese Welt. Eine Welt, die mich ausgespuckt hat in ein Leben, dass mich hat Dinge sehen lassen, die kein Mensch sehen sollte. Kein Mensch! Ich war ein kleines, unschuldiges Kind. Ein Kind sollte mit seinen Freunden spielen, seine Eltern umarmen, mit ihnen am See sitzen und angeln. Ich habe nur Schmutz und Tod gesehen. Ich kann die entstellten Leichen von Buchenwald noch heute riechen. Ich sah ihre eingefallenen Augenhöhlen. Die ausgemergelten Leiber, wie sie wie Holzscheite übereinandergeschichtet, um uns herumlagen. Eine ganze Nacht lang war ich umringt von Toten. Jedes Gesicht schien mich zu fragen, warum? Warum ist uns das alles geschehen? Wer kann uns so hassen, um uns solche Dinge anzutun? Ich glaubte ihre Stimmen zu hören, ihr

Wehklagen und ihre Traurigkeit legten sich über mich und selbst wenn ich meine Hände auf die Ohren legte, waren sie in meinem Kopf. Als mich Benaja befreite, dachte ich es wäre vorbei. Das war ein Irrtum. Ich bin sie bis zum heutigen Tag nicht wieder losgeworden. Ich wurde als Jude geboren, erzogen und ich glaubte auch an Gott, bis zu jenem Tag. Ich habe dich dort zurückgelassen, bei deinem Konstrukt aus kranken Fantasien. Kein Gott baut sich eine solche Welt. Oder er erschafft nicht solche Wesen, die so etwas aus einer wunderbaren Welt machen. Dir ist ein Fehler unterlaufen! Du wolltest Menschen nach deinem Abbild erschaffen. Schau mich an, schau uns alle an! Da drin in unseren Köpfen steckt eine Krankheit und am liebsten würde ich mir ein Loch in den Schädel bohren, damit diese braune, stinkende Brühe herausläuft.« Isaak stand auf und tappte vor zum Bug. »Siehst du das?« Er deutete in die Ferne. »Das ist alles wunderschön. Jeder Platz auf dieser Erde ist unvergleichlich und er würde es auch bleiben, wären da nicht wir. Ich habe mein ganzes Leben damit verbracht, mir Wissen anzueignen. Ich war überzeugt davon, dass es eine Erklärung für unsere Existenz und für die extreme Diskrepanz zwischen Mensch und dieser Welt geben musste. Es passte nicht zusammen! Egal was wir taten, die Konsequenz würde unweigerlich zum Schaden unseres Planeten führen. Wir mussten eine Fehlentwicklung sein. Egal welches Tier existiert, sein Dasein würde nie solche Folgen haben. Sie würden keine Maschinen bauen, kein Feuer machen, nicht mit einer Steinaxt einen Gefährden erschlagen. Es würde keine Wirtschaft und kein Handel entstehen, keine Industrie und keine Fabriken, mit Schloten und giftigen Abfällen, die ins Meer gelangen. Nichts davon würde passieren und die Welt würde sich noch Millionen von Jahren friedlich und wunderschön weiterdrehen. Das, und nur das war die Lösung. Ich hatte eigentlich auf ein anderes Ergebnis gehofft. Zentnerweise habe ich Kreide verbraucht, hunderte von riesigen Schiefertafeln mit Formeln vollgekritzelt. Bücher gewälzt, das Internet durchforscht. Selbst Philosophie und Marihuana haben nichts bewirkt. Wir waren so ziemlich der größte Mist, den das Universum hervorgebracht hatte und ich war ein Teil davon. Und bilde dir nicht ein, nur weil ich mit dir rede, dass ich an deine Existenz glaube, auch wenn es möglich sein könnte. Für diesen Fall, nimm es als Beschimpfung deiner unfähigen Gottheit an, die große Scheiße gebaut hat. Scheinbar muss diese sich vor niemand rechtfertigen. Man zündet kein Feuer an, wenn kein Wasser da ist es zu löschen. Mit meinem Tod, lösche ich alle Möglichkeiten auf Nachkommen aus. Isaak Goldstein hört einfach auf zu existieren. Das ist mein kleiner Triumph, als Mensch das einzig Richtige zu tun und sich selbst auszulöschen.«

Li`s Blick wurde verschämt und sie sah zu Boden und es dauerte eine halbe Ewigkeit, ehe sie antwortete.

»Du, du hast geweint, geschrien. Andre musste dich stützen und halten, sonst hättest du mit Sicherheit die Blumen vom Sarg geschlagen und versucht ihn zu öffnen und mich wieder zurückzuholen ins Leben. Wir waren ein Liebespaar und wir glaubten die Welt gehöre uns ganz allein. Unsere Liebe war stark und lodernd wie Feuer. Wir konnten und wollten nicht voneinander lassen. Die Gegenwart war unsere Freundin und die Zukunft ein unbekannter, ferner Planet. Ihn zu erreichen war nicht wichtig und so lebten wir sorglos in den Tag. Ich durfte immer auf der Stange deines Fahrrades bis zum Laden von Herrn Akuma mitfahren. Du küsstest mich immer wild und hingebungsvoll, bevor ich dich verließ um hinüber über die Straße zum Imbiss zu laufen. Auf der anderen Seite angekommen, blieb ich meist kurz stehen, um dir noch einmal zuzuwinken und du legtest beide Hände auf dein Herz und warfst mir Grüße zurück. Es war nicht schlimm, dass wir wenig Geld hatten und du dich mit Aushilfsjobs durchschlagen musstest. Wir hatten uns und, wenn es mal ganz knapp wurde, lebten wir von einer Kanne Tee, Plätzchen und dem Schweiß unserer Körper, wenn wir uns liebten. Ich vergaß all meine Sorgen, da ich wusste, dass du um halb neun vor dem Imbiss auf mich warten würdest. Stets mit einer Blume, ein dreiblättriges Kleeblatt, das angeblich vier Blätter hatte als du es pflücktest, oder einen

Glückspfennig in der Hand. Immer vertriebst du meine Sorgen und meine Müdigkeit vom langen Arbeiten innerhalb von Sekunden. Ich erinnere mich noch an den Tag im Mai, als du mich abholen kamst, mit dem Fahrrad mit Anhänger, zum Autokino nach Schönefeld. Du hattest zwei Klappstühle, Decken, ein Tischchen mit Kerze und Wein mit Gläsern dabei. Es lief `Pretty Woman´ mit Julia Roberts und Richard Gere in den Hauptrollen. Ich liebte Julia Roberts! Dieser göttliche Mund und dieses Lächeln waren der Wahnsinn. Der Typ an der Kasse war schon leicht bekifft, als wir ankamen und Rauch mit süßlichen Geruch, kroch durchs Schiebefenster ins Freie. Er schob uns zwei Karten herüber und kassierte emotionslos die acht Euro.«

`Na denn viel Spaß ihr Hübschen, Lautsprecher an der Box und Motor aus beim Parken. Ach Scheiße, habe ich leider so abgespeichert. Stellt das Rad ordentlich auf den Ständer und macht mir keine Brösel auf den Teppich. Ha, alter Autokino Schenkelklopfer, scheiß drauf, gemütlichen Abend! ´

Das Fenster schloss sich wieder und der Kassenmann verschwand in einer weißen Wolke einer Selbstgedrehten, dessen Zusätze, mit Bestimmtheit aus einer Kleinplantage vom Dachboden seiner Oma stammten. Wir fuhren zwischen den ganzen Wagen durch nach vorne. Dort stellten wir unsere Stühle auf, das Tischchen dazwischen. Du hast den Wein aufgemacht und in die Gläser gegossen, die Kerze angezündet und mir die Decke übergelegt. Ich fühlte mich wie eine Königin. Ich weinte und lachte und stopfte zwei Tüten Popcorn in mich hinein. Du hast geschwiegen und ich genoss jede Sekunde. Als Richard Gere, Julia Roberts mit der Limousine abholte, gab es kein Halten mehr und ich heulte wie ein Schlosshund. Wir blieben bis der Abspann zu Ende war. Ich spürte deine Hand. Dein Fahrrad war zwar keine Limousine, aber an diesen Tag hatte ich mich wie Julia Roberts gefühlt. Wir packten zusammen und begaben uns auf den Weg nach Hause. Am Ausgang kam uns der Typ von der Kasse entgegen. Den Joint im Mundwinkel und Schaufel und Besen in der Hand.

`Machts gut ihr Süßen, war echt n` heftiger Film, hat mich mega berührt. So emotional und so, ihr wisst schon. Ach Scheiße, ich mach mal den Laden klar. ´

Die Wolke verschwand im Dunkeln und wir fuhren weiter. Es war warm in den Schluchten von Berlin und wenig Verkehr auf den Straßen. Auf der Straßenseite gegenüber von Herr Akumas Laden, hieltst du an.

`Ente süßsauer? Ich habe einen Bärenhunger. ´

Ich rannte über die Straße und vergaß mich umzusehen. Der Fahrer des Wagens, hatte keine Gelegenheit mehr zu bremsen.

Ich war sofort tot.

Keine letzten Worte, sterbend in deinen Armen. Kein gehauchtes `Ich liebe Dich! ´ Nichts! Ich verschwand von einer Sekunde auf die andere. Zurück blieb nur ein zerschmetterter Körper, der so nichts von der kleinen Li mehr hatte, wie sie vor einer halben Stunde im Autokino saß und vor Glück und Rührung weinte.

Mit meinem Tod zerbrach deine Seele.

Du warst nur noch ein Schatten deiner selbst. Ich war an einen Ort, wo es mir gut ging, aber es war mir verwehrt, dich zu trösten. Ich wusste aber, dass das so sein musste, denn unsere Welten waren weit voneinander entfernt. Es war so gewollt, weil jede Welt für sich bleiben musste. Stell dir das wie Inseln vor, nur mit einem Unterschied, den Ozean, der sie trennte, konnte man nicht befahren. Wie eine zähe Brühe, wie Klebstoff, der alles fixierte, festhielt und daran hinderte, von einem an dem anderen Ort zu gelangen. Ich konnte zwar sehen, was auf der anderen Insel geschah, aber keinen Einfluss darauf nehmen. Zuerst weinte ich sehr, als ich dich so leiden sah, doch ich war dort nicht allein und es war immer jemand bei mir, der mir zur Seite stand und mich tröstete und mir half, diese Welt zu verstehen. Ich war zuerst wütend und wollte nicht verstehen, warum du so leiden musstest, aber umso mehr ich deinen Schmerz spürte, umso mehr empfand ich eine immer größer werdende Liebe für dich. Liebe kann durch Leiden wachsen. Und Liebe war die größte Kraft im Universum. Also, warum sollte Leid falsch sein, Vermissen, Trauer, Sehnsucht? Nein, denn das waren genau die Bausteine, die durch die Liebe geformt wurden. Obwohl ich dich leiden sah, war ich glücklicher denn je.«

Nathan spürte, dass Li nicht nur in ihrem Traum Zuneigung für ihn empfand und er war beschämt, es nicht gespürt zu haben. Seit Monaten lebten sie Tür an Tür und er wusste nicht das Geringste von ihr, rein gar nichts. Sie hatte ihre Gefühle nie nach außen getragen, schüchtern hatte sie lieber gelitten, als sich zu offenbaren. Selbstverständlich fand er sie anziehend, aber es wäre ihm nie in den Sinn gekommen, sie anzubaggern. Ihre feine zerbrechliche Art und ihre Zurückgezogenheit, schien eher ein Signal der Distanz, wie das einer Zuneigung zu sein. So lebten sie nebeneinander her. Der eine begehrte und der andere erkannte es nicht.

Dieser Moment der Erkenntnis war ungewohnt und befremdlich für Nathan und er wusste, dass es falsch wäre, sofort auf ihre Zuneigung zu reagieren. So beschloss er, sich etwas Zeit zu nehmen, um darüber nach zu denken.

»Li, ich...« Li ließ ihn den Satz nicht beenden.

»Nathan, ich weiß, dass das gerade mehr war, als ich dir sagen wollte. Bisher hatte ich nicht den Mut so weit zu gehen und außerdem hatte ich nicht das Gefühl, dass du mich begehrenswert finden würdest. Dieser Traum, er verfolgt mich seit Wochen, er macht mir Angst. Ich empfinde ihn als so real, obwohl ich weiß, dass es nur eine Laune meiner Fantasie war.«

»Aber Li, dein Tod macht mir Angst, fiktiv oder nicht, unabhängig davon, ob Tod auch Tod sein würde. In meiner Religion gibt es eine klare Trennung. Tod ist der Wechsel in eine andere Dimension und Leben ist die andere. Es gibt kein dazwischen oder darüber oder daneben. Es ist klar definiert und niemand zweifelt es an.«

»Welche Dimension meinst du Nathan? Wenn ich von meinem Träumen sprechen darf, so gibt es unendlich viele. Ich zweifle sie an! Ich habe Türen gesehen, Brücken, Stege und alle führten in Welten, die wir nur erahnen, aber nur dann sehen, wenn wir unsere eigene Welt verlassen müssen. So bewegen wir uns durch etwas, was keinen Namen hat. Aber es nimmt uns auf, gibt uns neue Schuhe, ein neues Schiff, frische Segel und den passenden Wind. Ist es Gott? Oder ist es das große Ganze, dieser Lenker der Gezeiten, Schöpfer von Galaxien und Spiralnebel? Kennst du diesen kranken Mann im Rollstuhl? Er heißt Stephen Hawkins. Gefangen in einem missgebildeten Körper, erklärt er uns die Welt, oder versucht es zumindest. Das Kuriose daran ist, dass wir gewisse Dinge nie erklären können und sollen. Er scheitert an seiner eigenen Niederlage, nur spekulieren, aber nicht beweisen zu können. Er ist zwar einer der schlauesten Wissenschaftler unserer Zeit, aber er rechnet und kalkuliert nach Fakten, die uns bekannt sind. Die Ursachen, die die Geschicke aller Lebewesen lenken, kennt er aber nicht. Es ist auch nicht gewollt, dass wir sie kennenlernen. Nathan, was hat dich in deinem Leben am meisten fasziniert, das Bekannte, oder das Unbekannte, Geheimnisvolle? Ich für meinen Teil zog immer das Unbekannte vor. Es ließ Platz für eigene Interpretationen. Ich war Töpfer, Steinmetz und Maler einer Zukunft, die ich selbst gestalten konnte. Alles was unglaublich ist, könnte eines Tages Wirklichkeit werden, nur weil wir es wollen, oder weil wir denken sollen, es so zu wollen. Wir wissen, was ein Lichtjahr ist, aber auch, dass die nächsten Sternsysteme, die eventuell Leben ermöglichen, für uns unerreichbar sind. Wir haben zwar die Zeit erfunden, um uns eine Einteilung unserer Lebenszeit leichter zu machen, aber sie in Uhren gezwängt. Was wäre, wenn die Zeit nur ein Ding unserer kleinen beschränkten Welt wäre, wenn es sie dort draußen einfach nicht gäbe, oder sie dort außer Kraft gesetzt ist? Der Weg hin zu anderen Welten, wäre ein Katzensprung. Zeit als eine primitive Variable, ein bescheidener Gehversuch unserer Physik. Licht hätte als Indikator für Geschwindigkeit ausgedient. Es wäre eventuell die Schnecke, nicht der Gepard. Was würde übrig bleiben von dem, was wir gelernt haben? Wir würden vor einem Ozean der Unerklärbarkeit stehen und nicht mehr wagen, erneut zu springen. Ich war ebenfalls davorgestanden und konnte kein Ufer am Horizont sehen und ich wusste, dass es gut ist, nicht alles zu wissen oder wissen zu wollen. Macht uns das nicht furchtbar unzufrieden, dieser stetige Drang, alles erfahren oder erforschen zu wollen? Ich habe versucht einen, oder auch zwei Schritte zurück zu gehen. Die Welt hat sich weitergedreht und so getan, als hätte sie nicht gemerkt, welchen Frevel ich doch begangen habe. Dann habe ich es riskiert, jeden Tag etwas von dieser Ungeduld und diesem Ehrgeiz abzulegen und stell dir vor, ich wurde immer zufriedener und entspannter. So entwickelte sich in mir auch ein neues Bild meiner Anschauung zu Gott. Ich spürte, dass er nicht fordert, nicht lobt und straft und vor allem kein Maß anlegt um deine Größe zu bestimmen. Möglicherweise wächst seine Kraft, durch das Gute, dass wir tun. Vielleicht wächst auch das Universum durch das, was gottgewollte Wesen tun. Wie der Brustkorb eines Menschen, bläht es sich auf, zieht sich aber auch wieder zusammen. Die Unendlichkeit ist schon alleine durch ihre Bezeichnung irrational für unseren Verstand, dennoch nehmen wir sie an. Ich glaube wir tun das nur, weil wir es nicht vermögen sie zu erklären. Nathan, vergib mir, ich wollte dich nicht mit meinen Interpretationen dieser Welt langweilen. Du hast Morgen eine lange Reise vor dir und du bist sicherlich sehr müde und solltest dich ausruhen.«

Nathan war überhaupt nicht müde und es wäre ihm nicht schwergefallen, Li noch stundenlang zuhören. Er war fasziniert von ihren Ansichten und Auslegungen und er bedauerte, dass sie ihn nicht schon früher angesprochen hatte.

»Li-Mai, wir haben uns nur etwa eine Stunde unterhalten, aber ich habe das Gefühl, ich kenne dich schon eine Ewigkeit. Du hast mich ganz tief in deine Seele blicken lassen und das ist nicht selbstverständlich. Auch ist es nicht selbstverständlich, jemanden auf diese Art, eine ganz besondere Liebeserklärung zu machen, auch wenn sie wie eine sehr traurige Geschichte beginnt. Ich denke, unsere Welt mag manchmal merkwürdig und das Handeln der Menschen uns unverständlich erscheinen, aber ich bin der festen Überzeugung, dass wir selbst an den Fäden unserer Existenz ziehen und es wurde uns in die Hand gegeben, alleine darüber zu entscheiden. In uns drin, gibt es sicherlich zwei Türen, mit zwei Schlüsseln die wir beide um den Hals tragen, ein ganzes Leben lang. Egal welche wir öffnen und wohin sie uns führt, wir haben immer die Möglichkeit umzukehren und die andere zu öffnen. Ich denke, niemand wird nur einen Weg gehen und den einen wird es nicht ohne den anderen geben. Wir sind Wesen mit einer besonderen Gabe, emotional und nicht nur instinktiv entscheiden zu können. Wir spüren und wissen, wenn wir Fehler machen und uns nicht richtig verhalten. Nur der, der das Band am Hals öffnet und sich von einen der beiden Schlüssel trennt, der ist wirklich verloren. Er wird einen Weg gehen, ohne Abzweigungen und Kreuzungen. Er wird nie mehr darüber nachdenken müssen, wohin diese Straße führt, die er gerade geht. Und irgendwann wird er es vergessen haben und er braucht auch keine Emotion mehr, oder auch keinen Mut, kein Mitgefühl und auch keine Hoffnung. Solche Hüllen leben auch in unserer Welt. Sie kennen nur Geld und Macht vernichten für Profit unsere Welt, versklaven Menschen und hinterlassen nur verbrannte Erde, egal wohin sie auch gehen. Wir sind anders Li-Mai, solche Hüllen, wollen und werden wir nicht sein. Wir wissen, was Liebe ist und wozu Liebe fähig ist, darum werden sie nicht gewinnen.

Ich werde nach Italien reisen und ich werde das, was du mir erzählt hast, mit nach Venedig nehmen. Ich bewahre es in meinen Herzen auf, denn nur dort gehört es hin. Mir wird auch viel Zeit zum Nachdenken bleiben, wenn ich unterwegs bin. Beide Schlüssel hängen noch um meinen Hals und ich bin sehr froh darüber. Hast du die Geduld, so lange auf mich zu warten? Es kann nur ein paar Tage, oder auch mehrere Wochen dauern. Benaja hat mir gesagt, es gibt keine Zeit für das, was wir tun.«

Li antwortete nicht, sie nickte still und stand auf.

»Ich hatte viel Angst vor diesem Moment, nun habe ich keine mehr, sondern viel Freude in mir. Wenn du nicht da bist, werde ich träumen, aber nicht von einem Grabe. Stattdessen, glaube ich Gärten zu sehen und Bäche die in Wasserfällen zu Tal stürzen. Regenbögen die sich über Wälder spannen und Stimmen von Millionen von Vögeln, werden vom Glück erzählen, das in meinem Herzen wohnt. Ich gehe nun zu Bett, und das solltest du auch tun, dein Flieger geht am Morgen.« Sie deutete eine kleine Verbeugung an und verließ Nathan und Sir John, der zu Nathans Füßen schlief.

Die Adria dachte nicht daran, sich friedlich schlafen zu legen. Im Westen zogen dunkle Wolken auf und wie ein hungriges Ungeheuer, lagen sie tief vor der Ostküste Italiens und lauerten. Isaaks Boot trieb vor leichten, achterlichen Wind ahnungslos Richtung Süden. Seine Zunge klebte am Gaumen und aus einem winzigen Spalt der zusammengekniffenen Augenlider, nahm er schemenhaft wahr, wie eine schwarze Wand auf sie zuzog.

»Zum Teufel, was...!« Er stammelte ein paar Flüche und obwohl sein Körper ausgelaugt und kraftlos schien, zog er sich mit Aufwendung aller ihm verbliebener Kräfte, an der Pinne hoch. Sein Verstand war zwar von der Hitze des Tages wie benebelt, aber er wusste, was da auf sie zukam. Sein Boot war für mittelstarke Winde gebaut und mit etwas Kraft und Geschick, schaffte er es stets, ungeschoren den meisten, üblen Wettern davonfahren, oder im Schutz einer Bucht abzuwettern und Stunden später wieder in den Heimathafen laufen. Doch was da auf sie zukam, war zu groß, um es zu umfahren und zu beträchtlich, um es zu durchfahren. Nur gab es diesmal keine Option. Isaak lächelte.

»Na gut, du willst es jetzt schon wissen. Ich hätte nicht gedacht, dass ich dich so wütend gemacht habe, aber ich werde nicht um mein Leben kämpfen, sondern um den Zeitpunkt des Todes. Das ist es, was dich so erzürnt. Du willst schon wieder an den Zeigern deiner Uhr drehen und mir das Ruder aus der Hand nehmen. Sieh her, ich halte das Ruder und ich halte die Leine, ich werde die Segel nicht reffen, das tun nur Feiglinge. Erinnerst du dich an diese Nacht im Lager? Ich habe stundenlang in ihre toten Augen gesehen und in jeder dieser schwarzen Höhlen, konnte ich ihre verlorene Seele hören und sie riefen nach dir, sie flehten dich an. Warum oh Gott, warum hast du uns verlassen. Dein Volk Israel ruft nach dir und du hast deine Ohren mit Wachs verstopft und deine Augen mit einer Binde bedeckt, dein Volk ruft nach dir! Ich konnte ihnen ihre Frage nicht beantworten, auch nicht nachdem wir überlebten. Es waren so wenige übriggeblieben und sie fragen heute noch, bis die Letzten gestorben sind. Es wird eines Tages keine Mahner mehr geben, keinen, der zu berichten weiß, keiner, der das gesehen hat, was ich gesehen habe. Die Welt wird erneut vergessen. Sechs Millionen Juden waren nicht genug, um der Welt als Warnung zu dienen. Glaub mir, es werden andere kommen, sie werden mit Engelszungen reden, Krankenhäuser besuchen, Kinder auf den Arm nehmen, alten Menschen die Hände schütteln. Nichts an ihnen scheint schlecht zu sein. Sie haben verständnisvolle Blicke und ewiges Kopfnicken im Gebäck, wenn sie umherreisen und auf Seelenfang gehen. Sie warten, bis wieder Sorgen die Menschen belasten und die Zukunft fraglich scheint. Dann wird man ihnen sagen, dass das Volk nicht schuld am Elend im Staat ist. Fleißige, aufrechte Menschen, haben ein gutes Leben verdient. Es müssen andere sein, die den Karren in den Dreck gefahren haben. Fremde, Sozialschmarotzer, Ungläubige. Sie brauchen keine Namen, es genügt, dass sie Schuld auf sich laden, allein durch ihre Existenz. So wird es geschehen. Plötzlich wird es allen wie Schuppen von den Augen fallen. Es beginnt aufs Neue! Obwohl wir alle glaubten, es kann und wird nie, nie wieder geschehen. Und du wirst es wieder zulassen und wiederzusehen, wie wir alle die, die Schutz und Frieden bei uns suchten, zurücktreiben ins Meer. Mit Stöcken nach ihnen schlagen, wenn sie versuchen ihre schmutzigen und faulen Füße, wieder auf den Strand unseres Landes zu setzen. Das Meer wird voller Leichen sein, Frauen Männer und Kinder, Hunderttausende von Kindern. Der Geruch der Verwesung wird fürchterlich sein und ihre Leichen, werden noch Monate später an unsere Strände gespült. Zerfressen von den Fischen und aufgebläht von der Sonne. Man wird sie wegräumen und es werden immer weniger werden und genauso wie die Leichen verschwinden, wird auch der Geruch des Todes und der Schuld verschwinden. Die Mahner und Kläger werden verstummen. Regierungen wechseln, Konsum wird angekurbelt, Dinge werden entworfen, die wir haben wollen und wir werden sie uns holen. Wir haben den Fehler im System gefunden und ihn ausgelöscht. Schuld? Warum Schuld? Niemand hat Sie eingeladen. Es geht uns nun endlich besser, viel besser als zuvor. Was soll daran schlecht sein. Isaak Goldstein hat sein ganzes Leben nach einer Antwort gesucht. Es gibt keine! Du wärst die Antwort gewesen, das hoffte ich jedenfalls. Hoffnung? Hoffnung ist ein leckes Schiff. Es schwimmt zwar noch, wird aber unweigerlich sinken. Nun lass uns kämpfen, um den Moment meines Todes und tu mir einen Gefallen, vergib mir nicht und lade mich auch nicht ein, in dein Reich der Nächstenliebe. Ich verzichte darauf! Lieber treibe ich als verlorene Seele durch die Dunkelheit des Weltalls. Ich werde kein Soldat deines Heeres. Deine Armee kämpft nicht, ich schon!«

Der erste Luftzug des nahenden Sturmes, strich über Isaaks Wangen und die See kräuselte sich leicht. Isaak

80

kannte die Gefahren des Meeres. Er war oft genug zwischen den Inseln gesegelt und in einem Unwetter geraten. Kroatien war ein gefährliches Seegebiet und viele Winde waren wild genug, einen von einer auf der anderen Minute, völlig in Bedrängnis zu bringen. Doch bisher hatte er alle Stürme ohne größere Blessuren überstanden. Die dunkle Front am Horizont bedeutete nichts Gutes. Es sah nach einer Nevera aus und der Donner, der im Westen zu hören war, deutete ebenfalls darauf hin. Eine Nevera dauerte für gewöhnlich, nur eine Viertel bis halbe Stunde, aber was sie in dieser kurzen Zeit anrichten vermochte, war verheerend und zerstörerisch. Schwerste Sturm und Orkanböen würden über das Boot hinwegfegen und Mast brechen und Tau zerreißen. Hier draußen gab es keine Möglichkeit, ihr zu entkommen und es blieb nur eins, Segel reffen und sich dem Wind stellen. Aber genau das widerstrebte Isaak Goldstein. Keinen Quadratmeter Segel würde er einholen, stattdessen mit vollem Tuch dem Sturm trotzen. Nicht etwa um seines Lebens Willen, sondern um es Gott zu beweisen, zu was er fähig ist.

Sein Boot war nur etwa 24 Fuß lang, das waren etwa acht Meter. Der Kiel war nicht so schwer wie bei Charteryachten und neigte dazu, dem Boot bei Seitenwind, eine enorme Schräglage zu verpassen, die oft beängstigend war. Die Pinne war direkt am Ruder angeschlagen, was beim Steuern im Wind und Wellen, enorme Körperkraft erforderte. Keine Erfolg versprechende Ausgangsbasis für das, was nur wenige Seemeilen von ihm entfernt sein fürchterliches Maul aufriss.

»Glaubst du etwa ich fürchte mich vor einen Sturm? Ich lebe schon lange genug am Meer um zu wissen, dass Angst kein guter Begleiter ist. Ich mag zwar alt sein, aber eine Pinne halt ich noch wie vor zwanzig Jahren. Auf, lass uns ein Tänzchen wagen!«

Der Sturm, egal ob von Gott geschickt, oder eine Laune der Naturgewalten, schob sich wie eine Herde schwarzer, wild gewordener Rösser, auf das Segelboot zu. Der Wind hatte eine Geschwindigkeit von über einhundert Stundenkilometer, als er das Schiff traf. Der Regen peitschte Isaak wie Nadeln ins Gesicht. Innerhalb von Sekunden war er tropfnass, bis auf die Knochen. Blitze zuckten aus den schwarzen Wolken und es wurde immer finsterer, fast schon Nacht. Die erste Windwalze, hätte fast das Schiff zur Seite geworfen, doch Isaak steuerte raffiniert in den Wind und nahm so den Druck aus den Segeln. Wellen brachen über das Deck und gegen Isaaks Körper, der sich mit aller Kraft ans Ruder klemmte. Wer bei solchem Wetter über Bord geht, hat keinerlei Chance. Doch soweit war Isaak lange nicht. Brecher über Brecher schlugen gegen den Rumpf und rissen an den Leinen.

»Keinen Quadratmeter Segel gebe ich dir, hast du verstanden, keinen Quadratmeter!« Der Wind schwoll zu einem Pfeifen an, welches so laut war, dass es jegliches, anderes Geräusch übertönte. Ein furchtbares Krachen und ein ohrenbetäubender Donner signalisierten einen nahen Einschlag. Das Tau des Vorsegels, hatte sich gelöst und eben als Isaak danach greifen beabsichtigte, fuhr der Wind in das Tuch und die Leine schnellte durch seine Hand. Es schmerzte fürchterlich, als sich das salzige Tau in sein Fleisch fraß. Er fluchte und schrie vor Schmerz, aber als der Wind zum nächsten Schlag ausholen trachtete, riss Isaak die Leine zurück und fixierte sie schnell an einer Klampe. Doch gerade als er sich sicher fühlte, fauchte die nächste Böe heran und trieb das Meer vor sich her, wie einen tollwütigen

Hund. Meterhoch türmte sich das Wasser auf, bevor es über das kleine Boot hereinbrach. Isaak wurde wie von einer stählernen Faust getroffen, zur Seite geworfen und schlug mit dem Kopf gegen die hölzerne Reling. Dann wurde alles dunkel.

Benaja war früh aufgestanden und studierte im Hafen die große Werbetafel, die die Fährverbindungen der Jadrolinija
Fährgesellschaft, auf einer Seekarte zeigte. Benaja begriff aber gar nichts. Punktlinien, gestrichelte Linien, kroatische Erklärungen, Uhrzeiten mit und ohne Sternchen, alles recht verwirrend.

»Wohin wollen sie?« Eine Frauenstimme traf seinen Rücken.

»Sie sind bestimmt Tourist, Deutscher oder?« Benaja wandte sich erschrocken um.

»Woher wissen sie das, ja, ich bin Deutscher.« Sie lächelte kurz.

»Der Stadtplan in ihrer Manteltasche ist Deutsch und außerdem scheinen sie noch nicht viel Sonne abbekommen zu haben. Sie sollten sich eincremen, auf dem Meer bekommt man schneller einen Sonnenbrand als man denkt.«

»Der Stadtplan, ach ja.« Er hatte ihn gestern Abend gekauft. »Sie irren aber mit dem Touristen. Es wäre schön, wenn ich aus diesem Grund ihr Land besuchen würde. Ein Freund von mir ist vor kurzem verstorben und ich muss etwas bezüglich seines Nachlasses regeln. Ich bin Notar, müssen sie wissen.«

»Oh, entschuldigen sie, das tut mir sehr leid, ich wollte sie nicht belästigen. Sie sahen so hilflos aus und da dachte ich...«

»Da dachten sie richtig, sie müssen sich nicht entschuldigen, ich bin hilflos. Mein Freund lebte auf einer Insel. Premuda heißt sie aber ich werde irgendwie aus dieser Karte nicht schlau.« Sie trat etwas näher und zeigte mit dem Finger auf eine schmale, längliche Insel. »Das ist Premuda. Dort wohnt ein Onkel von mir und ich wohne hier.« Ihr Finger wanderte eine Insel weiter nördlich. »Das ist Ilovik, die Blumeninsel. Dort bin ich geboren und dort möchte ich sterben. Oh entschuldigen sie ich wollte nicht...«

»Nein, nein, es ist kein Problem für mich, über den Tod zu sprechen, er gehört zum Leben dazu und außerdem ist es ein Teil meines Berufes, wenn auch kein Schöner. Ich habe über die Jahre hin gelernt, dass der Tod nicht immer das ist, was wir zu denken glauben. Er ist ein Freund, der uns irgendwann in den Arm nimmt. Aber genug von Tod und Abschied, würden sie mir sagen welches Ticket und welches Schiff ich nehmen soll?«

»Sie haben Glück, wir haben die gleiche Route, nur steige ich einen Hafen vorher aus.« Sie reichte Benaja die Hand. »Jadranka, ein Name ist Jadranka Matas.« Er ergriff ihre Hand.

»Benaja Lewinski.«

»Sind sie Jude?«

»War ich mal, ich habe mich dafür entschieden, keiner Religion mehr angehören zu wollen, so bin ich Agnostiker geworden und es ist gut so.«

»Das stört mich nicht, jeder sollte seinem Herzen folgen. Folgen sie mir, wir kaufen ihr Ticket.« So tappte der Notar, der Frau, die er erst seit Minuten kannte, vertrauensvoll hinterher. Er schätzte sie etwa auf Ende dreißig. Sie sprach am Schalter ein paar kurze Sätze mit der Verkäuferin und kam mit einem Ticket in der Hand zurück.

»Sie sollten den dicken Mantel ablegen, die Sonne kommt gleich über die Dächer von Pula und sie werden sich zu Tode schwitzen!« Das war vernünftiger Vorschlag. Benaja schwitzte jetzt schon. Schnell entledigte er sich seines Mantels und hängte ihn sich über den Arm.

»Kommen sie, ich bringe sie zu unserer Fähre, sie legt in zwanzig Minuten ab.« Ohne auf eine Antwort von Lewinski zu warten, schritt sie voran und Benaja folgte ihr wie ein Hündchen. Das Schiff lag am Ende des Kais und war komplett weiß gestrichen. Auf der Seite prangte in großen Buchstaben, in schwarzer Schrift »Jadrolinija Ferries«. Der Motor lief schon und dunkle Rauchschwaden stiegen vom Kamin in den blauen Himmel. Es war richtig was los am Steg. Radfahrer schleppten ihre teuren Bikes aufs Schiff und unzählige Touristen mit Trolleys oder Rucksäcken drängten sich über die Gangway. Ein Gabelstapler lud Lebensmittel und palettenweise Wasser und andere Getränke in den Rumpf.

»Kommen sie Herr Notar, wir suchen uns vorne am Bug einen schönen Platz.« Sie eilte voraus und setzte sich auf eine Bank vorne auf Deck. Benaja war außer Atem, so schnell war die junge Frau unterwegs. »Entschuldigen sie mich, aber ich bin die letzten Jahre etwas langsamer geworden und leider auch schnell außer Atmen.« Er setzte sich neben Jadranka und atmete erst mal durch. »Hier vorne ist der schönste Platz, man spürt den Wind und der Ausblick ist wundervoll, wenn wir den Kvarner überqueren und die Inseln unterhalb von Cres am Horizont auftauchen. Warten sie nur, es wird ihnen gefallen. Heute ist das Meer ruhig und wir werden eine schöne Überfahrt haben!«

»Sie sprechen hervorragend Deutsch, woher kommt das?«

»Das ist ganz einfach, der Großteil der Touristen, die Kroatien besuchen, sind Deutsche, Österreicher und Italiener. Wir müssen uns unserer Haupteinnahmequelle anpassen. Das hört sich jetzt sehr sachlich an, ist aber so. Natürlich sehen wir in den Touristen auch das Geld, das sie bei uns lassen aber in erster Linie sind es auch Gäste, die unser Land lieben und schätzen. Jedenfalls ist es auf den kleineren Inseln noch so. Dort muss man die Menschen nicht mit lauter Musik und Animation bespaßen. Sie kommen zu uns, weil sie genau das suchen, was wir selbst lieben. Die Ruhe und die Abgeschiedenheit jenseits der Menschenmassen und Hotelburgen und ich werde mich dafür einsetzen, dass das auch so bleibt.«

»Sind sie etwa Umweltaktivistin oder so etwas?« Sie lachte frei heraus. »Um Gottes Willen nein, obwohl wir versuchen immer mehr dafür zu tun, dass unsere Inseln, und natürlich auch das Meer sauberer werden. Ich bin die Bürgermeisterin von Ilovik und ich habe die Ehre, über fast einhundert Einwohner zu regieren. Zwar keine große Gemeinde, aber eine sehr Liebenswerte.« Benaja nahm seinen Strohhut ab und deutete eine Verbeugung an.

»Meine Verehrung Frau Bürgermeisterin. Ich habe noch nie die Begegnung mit einer Herrscherin einer ganzen Insel gemacht.«

»Naja.« Sie schien überaus amüsiert. »Das mit dem Herrschen ist so eine Sache. Ich habe einen kleinen Schreibtisch im Postamt, einen Kopierer und ein Faxgerät und ein Fahrrad. Wichtige Dinge drucke ich auf Zettel, die ich am Dorfplatz an einen großen Baum hefte. Dort geht jeder vorbei und wenn nicht, erzählt es ihm die Nachbarin. Wir haben keine Kriminalität, also brauchen wir keinen Polizisten. Sollte es mal Streit unter zwei Bewohnern geben, schaue ich bei beiden vorbei und höre mir ihre Ansichten an, dann vermittle ich bis der Streit beigelegt ist. Aktuell war ich bei der Verwaltung in Zagreb. Es geht um den Bau einer Wasserleitung, von Mali Losinj nach Ilovik. Seit Jahren sollte sie schon fertig sein, aber es hat sich bisher noch nichts getan. Ich habe schon mehrere Anträge geschrieben, aber bin nur vertröstet worden. Wissen sie, wir sind wirtschaftlich nicht besonders wichtig für unser Land, aber für Postkartenmotive und Bilder unserer Insel in Farbprospekten auf Tourismusmessen, sind wir gut genug. Wir haben erst 1968 eine Stromleitung erhalten und unser Trinkwasser, pumpen wir aus einen Brunnen am Dorfplatz. Wasser ist für uns ein kostbares Gut, wir achten und schützen es und niemand würde es verschwenden. Doch mit der zunehmenden Zahl an Pensionsgästen und Tagestouristen, die mit der Fähre kommen, ist auch der Bedarf an Trinkwasser gestiegen. Die Menschen wollen sich nach einem langen Tag am Strand und Baden im Meer, einfach mal duschen, das ist doch verständlich. So ist es unumgänglich, dass wir zusätzliches Wasser von der Fähre geliefert bekommen, was teuer und umständlich ist. Darum kümmere ich mich nun und die Einwohner erwarten, dass sich endlich was tut.« Benaja war überrascht, mit welchen strukturellen Problemen die Bewohner der Inseln zu kämpfen hatten, doch es schien, als besaß diese junge Frau genug Biss, um solche Schwierigkeiten zu lösen.

»Ich glaube, ich habe ihren Aufgabenbereich etwas unterschätzt junge Dame. Ich war noch nie in ihrem Land, geschweige auf einer der Inseln. Erzählen sie mir mehr davon, vielleicht kann ich dann eher verstehen, warum mein Freund Isaak Goldstein sich hierher zurückgezogen hat.« Sie starrte ihn überrascht an.

»Sie meinen doch nicht etwa den Juden von Premuda? Ich bin ihm schon begegnet. Er ist ein merkwürdiger Mann.«

»Was?« Benaja war erstaunt. »Sie kennen meinen alten Freund Isaak?«

»Kennen wäre übertrieben. Er meidet die Menschen und auch im Ort, bekommt man ihn selten zur Gesicht. Mein Onkel erzählt manchmal von ihm, wenn er uns in Ilovik besucht. Vor etwa sieben Jahren, ist er mit der Fähre angekommen. Er hatte ein kleines Haus an der Westküste gekauft, halb verfallen, nur zwei Zimmer. Die erste Zeit renovierte er das Haus so, dass es bewohnbar war. Dann bestellte er Dinge, die man eigentlich nicht auf einer Insel braucht und so kamen große Schultafeln, Staffeleien und Unmengen von Schreibkreide mit der Fähre an. Er brauchte drei Tage, um alles zur Hütte zu bringen. Dann war er wieder für Wochen verschwunden. Für die einen war er ein verrückter Aussteiger und für die anderen ein unheimlicher Sonderling, dem man lieber aus dem Weg gehen sollte. Dann, es war im Frühling, tauchte er plötzlich immer öfter im Ort und am Hafen auf. Er wirkte in keinster Weise ungepflegt oder verwahrlost. Seine Kleidung war zwar nicht gebügelt, aber sauber. Wir hatten eigentlich einen alten, zerzausten Einsiedler erwartet. Stets trug er eine Ledertasche unter den Arm geklemmt und hatte die Brille ganz vorn auf der Nase. Er war sehr höflich und fing an, die Menschen nach Dingen zu fragen. Ich war ein paar Tage zu Besuch auf Premuda bei meinen Verwanden. Eines Abends saß ich am Westhafen auf der Mauer und sah mir den Sonnenuntergang an. Es war ein schöner, lauer Abend und gerade hörten die Zikaden auf zu schnarren, als sich dieser Mann zu mir setzte. Er stellte sich freundlich vor.«

`Entschuldigen sie, dass ich sie anspreche, mein Name ist Isaak Goldstein und ich lebe hier. Hätten sie ein paar Minuten Zeit für mich. Ich bin Wissenschaftler und ich arbeite an einer Sache, die mir außerordentlich wichtig ist und sie könnten mir behilflich sein. ´

»Ich wusste, wer er war und mir war ein wenig unwohl, doch seine freundliche und warme Art, überraschten mich und so willigte ich ein.«

»Was wollte er von ihnen?«

»Es war merkwürdig, ich hatte von einem Wissenschaftler ganz andere Fragen erwartet, aber es waren so einfache, alltägliche Dinge, die er wissen wollte.«

»Würden sie mir davon erzählen?«

»Warum nicht, ich war nicht die einzige, die er gefragt hatte. Jeder der etwa sechzig Einwohner würde noch Bekanntschaft mit ihm machen. Das erste was er fragte, war ob ich glücklich wäre. Ich bejahte seine Frage. Natürlich war ich glücklich. Ich lebte auf einer Insel, hatte eine Familie, die ich liebte. Mein Leben war zwar einfach, aber ich wüsste keinen Ort, wo ich lieber wäre. Das Festland bietet zwar alles, doch es fordert auch einen hohen Preis. Du wirst hineingezogen in Konsum und Hektik. Dort drüben, hat mein Vater immer gesagt, lebt ein böses Tier im dinarischen Gebirge. Es kriecht nachts von den Bergen hinab an die Küste und frisst genüsslich die Zeit aus den Herzen der Menschen. Wenn sie dann am nächsten Tag erwachen, spüren sie, dass ihnen etwas fehlt und so beginnen sie damit, alles schneller zu tun, um sich die Zeit zurück zu holen. Doch in der nächsten Nacht kommt es wieder und frisst wieder etwas Zeit. So müssen die Menschen wieder schneller laufen oder Dinge erledigen. Sie kommen nie zur Ruhe. In ihrem tiefsten Inneren, wissen sie zwar, dass man verlorene Zeit nicht mehr einholen kann, doch wenn sie ihre Brieftaschen öffnen, vergessen sie wie wichtig Zeit ist. Er erzählte mir auch, dass wir Inselmenschen etwas Besonderes wären, denn das Ungeheuer würde uns nicht erreichen. Es sei das größte Geschenk, wenn Zeit keine Bedeutung mehr hat. Dafür müsse man zwar auf viele Dinge und Annehmlichkeiten verzichten, aber dieser Preis ist nicht hoch, weil einem diese Sachen hier auch nicht wichtig erscheinen.«

»Ihr Vater war ein sehr weißer Mann, denken sie, Isaak war mit dieser Antwort zufrieden?«

»Es war schwer, das zu erkennen, er schrieb in seine Mappe und wirkte sehr angespannt. Dann holte er ein kleines Buch hervor und schien etwas nachzuschlagen, schließlich nahm er seine Brille ab und rieb sich die Augen. Er sah mich an und stellte noch eine Frage.«

»Was fragte er?«

»Er fragte mich, ob ich denke, Glücklichsein wäre erlernbar.
Ich verstand diese Frage nicht und sah ihn ungläubig an. Er merkte, dass ich die Frage nicht verstand und er stellte eine andere. Er fragte mich ob ich Glück für einen festen Bestandteil unserer Existenz halte und so müsste eigentlich jeder die Möglichkeit haben, glücklich zu werden.« Benaja schüttelte den Kopf.

»Diese Frage ist eigentlich nicht zu beantworten, wieso stellt er solche Fragen? Was ist mit Isaak geschehen, glauben sie er war verwirrt?«

»Nein, ganz und gar nicht, ich denke eher, er war auf der Suche und zwar nach etwas, das für uns selbstverständlich war aber für ihn fremd und unerklärbar.«

»Konnten sie ihm eine zufriedenstellende Antwort geben?«

»Nein, das glaube ich nicht. Ich denke er hätte alle Antworten nicht verstanden, da ihm etwas Besonderes fehlte. Nämlich Emotion. Ich gehe davon aus, dass Isaak Goldstein ein sehr gebildeter Mensch gewesen ist. Studiert und belesen, aber das war es dann auch schon. Wir fühlten uns wie Studienobjekte und immer mehr Menschen wollten nicht mehr mit ihm reden. Er war zwar stets höflich, aber er fragte Dinge, die viele Menschen nicht verstanden. Auch Sachen, die nur im Herzen zu Hause sind und über die man nicht spricht, sondern sie tut. Er kam immer seltener ins Dorf und irgendwann, war er wieder verschwunden. Die Fähre brachte wieder Tafeln, Kreide und Bücher.«

»Auch wenn ihre Antwort nicht das war, was sich Isaak erhoffte, was konnten sie ihm mit auf den Weg geben?«

»Ich habe ihm gesagt, dass das eigene Glück nur durch das Glücklichsein anderer entstehen kann. Glück wäre keine einzelne Komponente, sondern etwas Großes, dass sich aus vielen kleinen Dingen zusammensetzt.

Liebe, Hoffnung, Träume, Hilfsbereitschaft, Wärme, Freude, Familie, Zuversicht, Freunde, Glaube und noch viele Dinge mehr. Glücklichsein ist die Krone, die uns ein gutes, anständiges Leben auf unser Haupt setzt. Er schrieb sich alles auf, bedankte sich bei mir für meine Offenheit und ging. Ich habe ihn seitdem nicht wieder gesehen.«

Die Fähre legte ab und Benaja saß lange Zeit schweigend neben Jadranka. Erst als sie die Südspitze von Istrien hinter sich ließen, zwinkerte er in die Sonne.

»Ich danke ihnen für ihre Geschichte, es hilft mir sicherlich einige Dinge besser zu verstehen. Isaak war mehr als ein Freund für mich, er war eher mein kleiner Bruder. Doch das Schicksal trennte uns sehr früh und ich konnte mich nicht mehr um ihn kümmern. Wissen sie, wir beide haben eine gemeinsame Vergangenheit, wir waren Kinder und wie sie wissen, sind wir Juden. Auch ich versuche, Isaak zu verstehen, darum bin ich hier. Er hat mich gebeten, hierher zu reisen und etwas für ihn zu tun. Ich werde seine Bitte in der Hütte auf Premuda finden, das hat er mir geschrieben.«

»Sie sind wegen ihm hier, er ist es also. Ich wusste nicht, dass er gestorben war.«

»Ja, ich habe einen Brief von ihm erhalten, oder eher eine Art Testament. Natürlich darf ich ihnen nicht sagen, was darinstand aber ich könnte ihnen etwas aus unserer Vergangenheit erzählen. Vielleicht lernen sie Goldstein so besser kennen und verstehen. Wollen sie das?« Sie zeigte in die Ferne Richtung Süden.

»Da hinten sehen sie, dort ist Ilovik und dahinter liegt Premuda. Wir haben noch viel Zeit, das ist keine Schnellfähre. Ich höre ihnen gerne zu.«

Als die Maschine auf dem Flughafen Venedig Tessera sicher aufsetzte, wurde Nathan aus seinem Traum gerissen. Es war immer dieser komische Moment, wenn man glaubte, alles noch genau vor Augen zu haben, aber jede Sekunde des Wachseins, löscht alles Schritt für Schritt wieder aus. Und nach ein paar Minuten stand man da, und hatte nur feinen Sand in den Händen, der einen durch die Finger rann. Er glaubte, Li zu erkennen, die an der Haustüre stand und ihm zuwinkte, als er ins Taxi zum Flughafen stieg. Das Check-in und die ganzen Formalitäten, der Start und der Flug, alles wie ein Aquarell im Nebel. Die kurze Zeit, die er bei Benaja Lewinski arbeitete und die Testamente all dieser Menschen, es schien sich wie ein Kaleidoskop in allen Farben, vor seinen Augen zu drehen.

Als er den Terminal verließ, und sich die Ausgangstüren am Flughafen öffneten, schlug ihm die angenehme Wärme des Südens entgegen. Er nahm das erste Taxi am Eingang und ließ sich nach Venedig bringen. Der Fahrer war eher wortkarg. Untypisch für einen Italiener, aber ein kurzer Blick auf das Namensschild, erklärte einiges. Sergei Sokolow.

»Zum Venecia Terminal bitte!«

»Iss guut!« Der Akzent sagte alles. Der Terminal, war der einzige Ort, den man in Venedig mit dem Auto erreichen konnte. Über einen Damm, der nur für Zug und Auto gebaut war, kam man in die Stadt. Ab hier gab es nur zwei Möglichkeiten, per Schiff oder durch Gassen und Brücken zu Fuß. Nathan zog die Fußvariante vor, da Schiffsreisen, egal welcher Art, beim ihm immer zu Unbehagen geführt hatten. Die Riva S. Piassio war aber weit entfernt und er wusste, dass es ein beschwerlicher Marsch werden würde. Sein kleiner, schwarzer Trolley holperte übers bucklige Pflaster und degradierte Nathan zum Ebenbild eines Touristen. Diese Stadt war alles andere als behäbig und gelassen. Große Kreuzfahrtschiffe spuckten Unmengen von Tagestouristen aus, die die Straßen, wie ein Heuschreckenschwarm überschwemmte. Reiseleiter mit skurrilen Sonnenschirmen, Fähnchen oder Windrädchen, die sie stets streng nach oben hielten, zogen Schwärme von Boatpeople hinter sich her. Japaner mit I-Phon Augen, Deutsche mit Birkenstockaffinität und Russen mit Jogginghosen und Rolex am Handgelenk. Es passte ehrlich gesagt nicht und es passte den Venezianern nicht. Diese Stadt war zu voll. Die Gastwirte und Geschäftsleute, wucherten mit zu hohen Preisen um die Wette, welche sich selbst die Einheimischen nicht mehr leisten konnten. Die Hitze war derzeit noch erträglich und die engen Gassen, spendeten genug Schatten, dennoch schwitze Nathan wie verrückt.

Er hatte sich vorgenommen, das Lokal La Nuova Perla aufzusuchen und im näheren Umfeld nach einer Sophia Avesani zu fragen. Irgendjemand musste sie doch kennen. Ansonsten blieb ihm nur der Gang zum Einwohnermeldeamt. Doch die heutigen Datenschutzbestimmungen, würden es ihm nicht leichtmachen, eine befriedigende Auskunft zu bekommen. Nach 60 Minuten erreichte er erschöpft die Rialtobrücke und so war es ihm möglich, den Kanale Grande, trockenen

Fußes zu überqueren. Seinem Stadtplan nach, hatte er erst die Hälfte des Weges geschafft und so verfluchte er die Verweigerung, mit einer der vielen Fähren, oder dem Taxiboot zu fahren. Als er den Markusplatz überquerte, verstand er, welche Anziehungskraft diese Stadt auf die Menschen hatte. Die größte, freie Fläche in ganz Venedig. Die Basilika San Marco, der markante Uhrenturm, der wie ein gigantischer Obelisk alles überragt und wie zu erwarten der Dogenpalast in seiner ganzen Pracht. Nathan blieb kurz stehen, um zu verschnaufen, und tadelte sich selbst, etwas innezuhalten und diese einmalige Architektur auf sich wirken zu lassen. Hunderte von hungrigen Tauben ließen sich von den Touristen füttern und wuselten über das blanke Pflaster, mit seinen geometrischen Verzierungen. So ließ er den Dogenpalast hinter sich und erreichte die Uferpromenade mit unzähligen Gondeln, die im Schwell der Fährschiffe, auf und ab schaukelten. Er bog links ab und folgte der Riva degli Schiavoni. Hier in der Nähe, wurde Friedrich der Rucksack gestohlen, es konnte nicht mehr weit sein. Er dachte an Li-Mai und wünschte, sie wäre jetzt bei ihm. Ein paar Tage Urlaub würden ihr sicher guttun und sie hätten die Gelegenheit, sich besser kennen zu lernen. Es war ein merkwürdiges Gefühl, solange neben Li gelebt zu haben, ohne zu spüren, was sie für ihn empfand. Er war die letzte Zeit zu sehr mit sich und seiner neuen Arbeit beschäftigt gewesen und hatte viele Dinge, die ihn sonst wichtig waren, zurückgestellt. Es war erforderlich, sich schnellstmöglich ändern.

Fast wäre er gedankenverloren an der La Nuova Perla vorbeigelaufen, aber der Duft von frisch belegter Pizza, zog vom Holzofen über die breite Promenade und schlich sich heimlich in Nathans Nase. Er sah kurz nach links und zwischen zwei bogenförmigen Faltmarkisen, erkannte er einen etwas vergilbten Schriftzug. »Die neue Perle« stand dort in schwungvollen Buchstaben. Dunkle Flechtstühle an kleinen Tischchen, die geschmackvoll, weiß-rot eingedeckt waren. Da Nathan nach dem Flug und der Wanderung durch Venedig, hungrig und durstig war, suchte er sich ein schattiges Plätzchen am Wasser gleich neben der Brücke, die den Kanale überspannte. Er winkte die Bedienung herbei und bestellte sich einen Teller Nudeln Aglio Olio und ein Glas Weißwein und Mineralwasser. Der Kellner war ein junges Bürschchen, aber freundlich. Er nahm die Bestellung auf und verschwand Richtung Gastraum. Kurz danach brachte er die Getränke. Nathan nutzte den Moment und fragte nach einer Sophia Avesani, die vor langer Zeit hier gelebt haben sollte. Der Bursche schüttelte den Kopf.

»Leider nein Signore, ich komme nicht aus Venedig, ich arbeite nur die Sommersaison hier. Aber wenn sie gespeist haben, fragen sie doch Maresa Danesi, sie betreibt den Schmuckladen gegenüber. Der Laden gibt es schon sehr lange hier und sie kennt fast jeden in diesen Viertel.«

Nathan bedankte sich und als der Kellner die Nudeln brachte, lief ihm das Wasser im Mund zusammen. Sie waren ein Gedicht! Die Sonne stand schon hoch, als er zahlte und die Mittagshitze machte sich breit. Selbst unter der Markise war es drückend heiß. Er überquerte die Brücke und stand vor verschlossener Tür. Diese Frau Danesi schien die alte Gewohnheit der Mittagsruhe weiterhin zu pflegen. Er entschloss sich, es ihr gleichzutun und suchte sich in der Nähe eine kleine Pension, wo er sich vorerst für zwei Tage einmietete. Erschöpft und mit vollen Bauch, fiel er auf das zu weiche Bett und schlief augenblicklich ein.

Die Nevera zog gnadenlos über Isaaks Boot und dann weiter nach Nordosten. Das Vorsegel hing in Fetzen und Reste des Regens tropften herab. So wie das Unwetter kam, so schnell verzog es sich wieder. Eine Stunde später rissen die Wolken auf und die ersten Sonnenstrahlen tasteten sich wie Lichtfinger hinab auf die See, die gegenwärtig so friedlich dalag, als hätte sie nie etwas Böses im Sinn. Kein Lufthauch, das Wasser wie ein Spiegel. Isaak lag auf der Seite und ein roter Blutfaden rann von seiner Stirn hinunter auf die Wange und tropfte vom Kinn hinab, auf den Schiffsboden, wo sich schon eine beachtliche Lache gebildet hatte. Er bewegte sich nicht und war vollkommen durchnässt.

Er war nicht bei Bewusstsein, aber tief in seinem Kopf hörte er einen Jungen singen. Er sang so sanft und mit einer Engelsstimme. Es war ein ukrainisches Kinderlied. `Das Vögelchen. ´ Er lauschte den Gesang und er war sich sicher, den Kampf gegen Gott und dem Meer verloren zu haben. Sterben habe ich mir völlig anders vorgestellt, dachte er sich. Isaak fühlte sich nicht mehr wie ein alter Mann. Er war wieder ein kleiner Junge, der mit dem Boot zum Angeln rausgefahren war. Die Sonne schien und der See war unbeweglich und blau. Am Ufer sah er seine Mutter und seinen Vater. Sie saß auf einer bunten Decke und sein Vater ließ flache Steine übers Wasser hüpfen und winkte Ihm zu.

»Ich bring Fische mit fürs Abendessen, ganz viele!«
Rief er zu seinem Vater hinüber.

»Er kann dich nicht hören!« Dumpf und weit
entfernt hörte Isaak eine ihm bekannte Stimme. »Wach auf
alter Mann, sie hören dich nicht. Die Nazis haben sie
umgebracht, vergast um es genau zu nehmen. Ein
furchtbarer Tod, deine Mutter hat besonders gelitten, aber
letztendlich..., na ja, du weißt schon.«

Unterdessen verspürte Isaak erstmals den Schmerz
an der Schläfe. Seine Hand rutschte langsam über die Brust
nach oben und dann fasste er an die Wunde. Ein stechender
Schmerz durchfuhr ihn und seine Hand zuckte
augenblicklich zurück. Langsam öffnete er die Augen.

»Du hast es noch nicht hinter dir! Wirst deinen
verbrauchten Körper noch eine kleine Weile
herumschleppen müssen. Dein Gott hat deine Uhr noch ein
wenig zurückgestellt, vielleicht gefällt ihm das, dich so
leiden zu sehen. Also ich, wenn ich Gott wäre, wäre auch
ganz schön angesäuert, wenn man mir solche Dinge an den
Kopf wirft.« Isaaks Verletzung pochte und er spürte langsam
noch andere Schmerzen. Das Atmen fiel ihm schwer und als
er sich mit der Hand an die Seite fasste, war ihm klar, dass
ebenfalls einige seiner Rippen gebrochen waren. Dann diese
Stimme, der Wassermangel und die Hitze zeigten längst
Wirkung. Er fing an zu halluzinieren.   »Schau mich
wenigstens an, wenn ich mir schon die Mühe mache, mit dir
zu reden. Es ist lange her, erkennst du mich noch?« Isaaks
Blick war zurzeit etwas getrübt, als er nach vorne sah. Er
rieb sich die Augen und erstarrte. Dort auf Deck am Bug saß
ein Junge. Zerlumpt und schmutzig und seine Kleidung und
sein Gesicht hatten rotbraune Flecken. Es war getrocknetes
Blut. Er erkannte den Jungen sofort. Es war Andriy!

»Du bist tot, lange tot und dass ich dich sehe ist nicht real!« Isaak stöhnte.

»Sieh es wie du willst aber ich werde noch ein Weilchen hierbleiben. Es gibt einiges, was ich mit dir zu besprechen habe und sagen wir es mal so, ich lasse dir keine Wahl!« Das Boot trieb, fast bewegungslos, in einer Flaute und das Großsegel hing wie ein schlaffer, durchlöcherter Sack am Mast. So langsam wurde Isaak wieder klarer im Kopf und er erinnerte sich an den Sturm und daran, wie er mit dem Kopf gegen die Reling geschlagen war. Er hatte sich vermutlich eine Gehirnerschütterung zugezogen, nur so konnte er sich dieses Trugbild erklären.

»Ich glaube weder an Gott noch an Gespenster, du bist damals in dieser Nacht im Lager gestorben, also kannst du auch nicht hier sein!« Andriy wackelte mit dem Zeigefinger vor seiner Nase herum.

»Nein, nein, nein, so ganz stimmt das aber nicht, wir wollen doch bei der Wahrheit bleiben. Ich wurde brutal erschlagen, das ist schon eine andere Nummer!« Isaak wurde wütend.

»Ich war nicht dabei, ich habe nichts gesehen und ich weiß auch nicht, was passiert ist!«

»Ruhig alter Mann, ganz ruhig. Ich bin nicht hier um dich anzuklagen. Ich weiß, dass sie die Kleinen weggeschickt haben. Es reichte ja schon, was die täglich im Lager für Grausamkeiten mit ansehen mussten. Sollten nicht sehen, wie grausam ihr selbst schon geworden seit. Ich habe geweint und sie angefleht mich am Leben zu lassen, sogar auf die Knie bin ich gefallen und hab um mein armseliges Leben gebettelt. Ich wollte mich verteidigen und hab ihnen erklärt, dass es nur einen Weg gab, im Lager am Leben zu bleiben. Man musste sich anbiedern und so tun, als ob man gemeinsame Sache mit ihnen macht. Die Deutschen quatschen viel, weil sie sich überlegen fühlen. So kann man sie gut aushorchen und Nutzen daraus ziehen. Klar sah das für die anderen Häftlinge nach Verrat aus. Aber wenn der richtige Moment kommen würde, hatte man bestimmt eine Chance zu überleben. Die Jungen haben mir damals kein Wort geglaubt. Zu viele hoben die Hand und verurteilten mich so zum Tode. Sie haben mich mit Holz und Eisenstangen neben der Baracke erschlagen. Ich habe nur die ersten zwölf Schläge gespürt, dann wurde ich besinnungslos und starb zwischen den zweiundzwanzigsten und dreiundzwanzigsten Hieb gegen meinen Kopf und Genick. Zu dieser Zeit, stand ich schon neben mir und sah ihnen bei dieser furchtbaren Tat zu.« Isaak versuchte, sich hochzurappeln, aber sein Kopf schmerzte fürchterlich.

»Sie haben alle auf dich eingeschlagen?«

»Nein, nur die, die die Hand gegen mich erhoben hatten, nur fünf hoben ihre Hand nicht. Stell dir vor, fünf von vierundneunzig! Aber diese Neunundachtzig schlugen alle auf mich ein obwohl ich schon längst tot war. Meine Leiche, oder dass, was noch von mir übrig war, schleppten sie hinter die Latrinen. Zu befürchten hatte keiner was, für die Deutschen war es nur ein Stück Vieh weniger.«

»Aber was willst du von mir? Wir waren kleine Kinder und wir haben dich auch nicht verurteilt und hingerichtet.«

»Nein, das habt ihr nicht und sie hätten es auch nicht getan, wenn ihr noch in der Baracke gewesen wärt. Ich verrate dir ein Geheimnis. Dein alter Freund Benaja, er hat seine Hand auch nicht gehoben. Ich habe beobachtet, wie er sich stets um dich gekümmert hat und spürte, dass er ein guter Mensch war. Bevor sie mich nach draußen führten, packte ich seinen Arm und steckte ihn einen Zettel zu. Es war eine Adresse meiner Familie und ich bat ihn, ihnen eine

Nachricht zukommen zu lassen. Er sollte ihnen sagen, dass ich ehrenvoll gestorben sei, ich hätte keine Schande über meine Familie gebracht. Er sah mir in die Augen und nickte. Ich wusste, dass es ein Versprechen war.« Isaak stöhnte unter Schmerzen.

»Ein Nicken von Benaja, ist immer ein Versprechen. Er hat es sicherlich getan!«

»Er schon, aber du nicht!«

»Wieso ich nicht, wen soll ich etwas versprochen haben?«

»Dir selbst! Benaja war wie ein Bruder für dich. Du hast stets zu ihm aufgesehen und ihn bewundert. Er war ein gütiger und großzügiger Mensch. Als Kind hast du oft gedacht, dass du so werden willst wie er. Was ist daraus geworden? Anstatt von ihm zu lernen, hast du dein ganzes Leben damit verbracht, eine wissenschaftliche Erklärung von Glück zu finden. Weißt du eigentlich, wie hirnrissig das war?« Ein Windhauch blähte das Großsegel und das Boot glitt langsam dahin. Isaak starrte nach Süden.

»Es muss eine Formel geben, es gibt für alles auf dieser Welt eine Gleichung, oder einen Beweis! Ich war so nah dran!«

»Ach Isaak, warum hast du dein Leben so vergeudet, nimm manche Dinge einfach so hin, wie sie sind. Gott will nicht, dass wir alles erklären können, das ist nicht sein Plan.« Isaak brauste auf.

»Gott, du willst mir von Gottes Plan erzählen? In meiner Welt existiert dein Gott nicht, er ist genauso ein Hirngespinst wie du. Ich habe mir den Kopf angeschlagen, dazu noch einen Sonnenstich und bin schon dehydriert, darum sitzt du hier und plapperst so einen Müll. Wind kommt auf, ich werde weitersegeln und sterben, ob du dort vorne sitzt oder nicht.« Andriy schüttelte den Kopf.

»Der Wind wird sich drehen auf Südwest, willst du gegen ansegeln? Stell dich der Wahrheit Isaak, es gibt nur die eine. Glück ist nicht erklärbar aber stets präsent. Wozu nach einer Erklärung suchen, nimm es einfach so hin wie es ist. Und selbst wenn du es erklären könntest, was würde es dir nützen?«

»Sehr viel! Es wäre ein weiterer Beweis, für die Nichtexistenz von Gott. Wir waren unschuldige Kinder, wir haben die Hölle gesehen, unsere Eltern und Geschwister wurden abgeschlachtet, nur weil Gott es zugelassen hat! Ein Gott würde so etwas nicht tun, verstehst du nicht. Ich habe studiert um das alles begreifen zu können und glaub mir, wir sind nicht aus einer Laune eines übergeordneten Geschöpfes entstanden. Wir sind ein chemisch-biologisches Produkt, dass sich weiterentwickelt hat, sonst nichts.«

»Falsch Isaak, nicht Gott ist schuld am Tod all dieser Menschen. Das war das Werk eines kranken Mannes und alles was Furchtbares auf dieser Welt passiert, ist stets das Werk von Menschen. Gott mischt sich nicht ein, es ist immer unsere Entscheidung, was wir tun. Gott hat uns ein Geschenk gemacht, er hat uns ein Gewissen gegeben. Auch du hast ein Gewissen Isaak hast du das vergessen? Ivo vermisst dich und er hat geweint als er sah, dass du davon gesegelt bist. Auch wenn er es dir nicht so zeigen konnte, du warst die wichtigste Person in seinem Leben. Die Erwachsenen auf der Insel, bemitleideten ihn nur, weil er anders war, als die anderen Kinder. Sie verstanden nicht, dass es ihm genügte, wenn ihm jemand zuhörte. Weißt du, in seinem Kopf sind so viele Geschichten, die nur darauf warten, gehört zu werden. Diesen Gefallen hast du ihn getan, also hast du ein Gewissen. Du hast Angst vor dir selbst, sonst nichts! Glück erklärt sich von selbst, es steht vor dir, du musst nur danach greifen.«

103

»Dass sagst du? Wo war dein Glück damals, als sie dich nach draußen geschleppt haben? Wo war dein Glück, als sie dich schlugen und wie Müll hinter die Latrinen warfen? Eine Menge Glück hast du gehabt mein lieber Mann, da kannst du dich bei deinem Gott bedanken!«

»Da liegst du falsch Isaak! Ich hatte eine Familie die mich liebte, ich hatte einen Bruder und zwei Schwestern die immer für mich da waren. Wir hatten einen kleinen Bauernhof in der Nähe von Mukatschewe. Es ging uns gut und wir hatten immer genug zu Essen. Das war Glück! Man darf nicht erwarten, dass das ganze Leben eine Anhäufung von Glück sein kann. Wer würde sich dann noch über all die nicht alltäglichen Dinge freuen? Natürlich war mein Leben zu kurz und ich wäre lieber alt geworden. Hitler war schuld, nicht Gott! Nun darf ich aber hier bei dir sein und auch das, empfinde ich als Glück. Glaub mir, du bist Gott nicht gleichgültig. Er schätzt jedes Leben auf der Welt und beweint jeden der unschuldig zu Tode kam. Sein Herz ist groß genug, für alle Trauer und jeden Schmerz. Auch für deinen Schmerz Isaak. Ich kann spüren wie du leidest.« Der Wind drehte auf Südwest und drückte den Bug des Bootes Richtung Nordost. Isaak spürte, wie das Schiff langsam Fahrt aufnahm, und griff nach der Pinne.

»Ich will nicht zurück! Dort ist nichts, was mir etwas bedeutet. Ich werde sterben und du wirst das nicht verhindern!«

»Natürlich wirst du sterben, aber das wird noch eine kleine Weile dauern. Die Menschheit ist nicht ohne Makel und es werden auch in Zukunft Dinge geschehen, die uns unbegreiflich, irrsinnig und gottlos erscheinen. Glaubst du nicht, Gott hätte, und wird es nicht immer wieder aufs Neue versuchen, euch zu dem zu führen, was möglicherweise, der richtige Weg wäre.   Jesus war nicht der erste Versuch, aber Gott gibt niemals auf. Franz von Assisi, Mutter Theresa, Mahatma Ganghi, Adolph Kolping, Käthe Kollwitz, Sandro Sidola und noch so viele andere. Er hat nie aufgegeben, er hat die Menschen nie aufgegeben.«

»Die kenne ich alle, aber wer zum Teufel ist Sandro Sidola?«

»Natürlich, Sandro kennt keiner. Er kam in Spanien so gegen 1931 auf die Welt. Ein Junge wie viele andere, bis auf eine kleine Ausnahme. Im Alter von zwölf Jahren, erzählte er seinen Eltern von Engelsstimmen und davon, dass Gottvater mit ihm sprach. Dieser sah in die Zukunft und erzählte ihm von einem bösen Mann, der furchtbare Verbrechen verüben würde und der Präsident von Spanien würde ihn unterstützen. Sein Vater und seine Mutter waren glühende Anhänger von Generale Franco und sie wähnten ihren Sohn im Wahnsinn. Der Vater brachte den Sohn in den Wald und erdrosselte ihn. Anschließend vergrub er den Körper auf einer Lichtung. Gott starb mal wieder, aber glaubst du etwa, er hätte euch aufgegeben? Niemals! Kein Tod, kein Leiden war ihm zu schmerzhaft. Er ertrug Qualen und Misshandlungen, wie man sie sich nicht vorstellen möchte. So spektakulär, wie die Kreuzigung auf Golgatha war es natürlich nicht immer, Gott stirbt täglich und überall auf dieser Welt und weißt du warum? Weil wir alle seine Kinder, oder ein Teil von ihm sind. Wenn wir in seinem Sinn leben, lebt er mit uns. Wenn wir für ihn sterben, stirbt er mit uns. Er sorgt sich auch um dich Isaak, weil er dich liebt. Er war bei dir, als du die Kinder geführt hast und er war bei dir, als ihr euch, umringt von Leichen versteckt habt. Du weißt doch gar nicht, wie Sterben wirklich ist. Glaubst du etwa, er fügt uns absichtlich Schmerzen zu? Ihr hört die Verwundeten auf den Schlachtfeldern schreien, dabei ist ihre Seele längst bei ihm und sie spüren keinen

Schmerz. Er hat auch die Millionen Menschen getröstet als ihre Körper im KZ geschändet und getötet wurden. Gott ist gnädig, das durfte selbst ich erfahren. Du hast so viel geforscht und gesucht, dabei lag die Antwort auf alle Fragen, schon immer in deinem Herzen Isaak. Denk darüber nach, was dir wichtig war, was dich nur ansatzweise berührt hat. Das ist der Schlüssel zum Glück, nicht diese ganzen Berechnungen und Spekulationen. Gott wäre nicht Gott, würde er uns die Lösung aller Fragen aufs Tablett legen. Und weißt du was, selbst Er ist manchmal verwundert, weil es immer noch etwas gibt, das hinter dem Nichts und der Unendlichkeit wohnt. Manchmal denkt er sich, er selbst wäre nur ein winziges Rad im Großen und Ganzen. Und dann kommst du, und suchst nach einer Formel für etwas, was sich eigentlich selbst erklärt. Ach Isaak Goldstein, ich bewundere dich für deinen Enthusiasmus, ich hätte ihn nicht.« Im Kopf von Isaak Goldstein vollzog sich eine Veränderung, ein Hauch von Zweifel machte sich breit.

»Du meinst, selbst Gott, wenn es ihn gäbe, zweifelt manchmal daran, die letzte Instanz zu sein?«

»Ja Isaak, selbst er zweifelt.«

»Ja ist es denn ein Fehler, etwas in Frage zu stellen, wie ich es tue?«

»Nein, das habe ich auch nicht gesagt, ich wollte dich nur darauf aufmerksam machen, dass du bei deinen ganzen Berechnungen, bestimmte Komponenten außer Acht gelassen hast. Diese wären aber sehr wichtig gewesen.«

»Und diese wären?« Andriy stand auf und kam nach hinten. Er setzte sich neben Isaak in den Ruderstand.

»Schönes Boot, hat ganz schön was mitgemacht im Sturm, musst du pflegen mein Freund. Auch dein Segel hat gelitten, musst du reparieren. Du blutest am Kopf, musst du verarzten! Alles leidet und geht manchmal kaputt. Nicht immer sind es Stürme, manchmal Kriege und oft auch Worte, die verletzen. Denkst du oft an Ivo?« Isaaks Kopf fuhr herum.

»Wieso kommst du mir mit dem Jungen?«

»Weil er dir nicht gleichgültig ist, deswegen! In der Tasche unter deiner Jacke ist ein Bild. Würdest du es mir zeigen?«

Venedig erwachte langsam. Ein paar Stühle, die zusammengestellt wurden, ein weicher Besen, der die Reste der Nacht beiseite kehrte. Es fehlte der Lärm der Lastwagen, die den Müll wegräumten, die Kehrmaschinen und die Lieferwagen, die Ware und Lebensmittel anlieferten. Typische Geräusche einer geschäftigen Stadt. Nathan hörte nur ein dumpfes Brummen, das von den vielen Motoren der Boote stammte, die die Arbeit der Lastwagen übernahmen. Die Fahrer nahmen Rücksicht auf die Schlafenden und hielten die Motoren auf niedriger Drehzahl. Es hatte eine gewisse Ruhe, die ein Überbleibsel des vergangenen Venedig zu sein schien. Nicht alles passte sich dieser neuen und schnelllebigen Zeit an, die die alten Gewohnheiten auffraß und zerstörte.

Nathan hatte schlecht geschlafen und sein Kopf lag schwer auf dem Kissen. Er dachte an Benaja und an das, was ihn heute erwartete. Machte es überhaupt Sinn, nach all dieser Zeit, alte Wunden wieder aufzubrechen? Nach einer Sophia zu suchen, die höchstwahrscheinlich schon tot war oder senil und bettlägerig in einem Altenheim lebte. Das Leben war seinen Weg gegangen und hatte alle Spuren der Vergangenheit irgendwann verwischt. Es gab Dinge im Leben, die ihre Zeit hatten, aber auch Dinge, die diese Zeit verloren. Sophia war zwischenzeitlich eine alte Frau mit einem eigenen Leben im Gebäck. Warum sollte sie gehalten sein, auf diese Geschichte zu warten, zu viel Zeit war schon vergangen. Er zweifelte an seiner Aufgabe. Es wurde schnell warm im Zimmer und so entschloss er sich, aufzustehen. Der Weg zur Nuova Perla war nicht weit und während der Puls der Stadt immer schneller zu schlagen einsetzte, erreichte er die kleine Brücke, die zum Geschäft gegenüber führte. Der Laden hatte noch immer geschlossen und so setzte Nathan sich auf eine steinerne Bank im Schatten neben der Ladentüre. Von hier aus vermochte man hinüberzusehen zur Insel Giorgio Maggiore und dahinter sah man, etwas versteckt, La Gracia. Die ersten Sonnenstrahlen aus Osten erreichten die Erhebungen der Inseln und ließen sie golden leuchten. Ein malerischer Anblick, dachte er und ein romantischer Ort.

»Buongiorno« Eine ältere Frau setzte sich neben ihn auf die Steinbank. Sie war schwarz gekleidet und stellte einen Weidenkorb mit Häkelsachen neben sich auf die Bank.

»Guten Morgen!«, antwortete Nathan. »Ich spreche leider kein Italienisch, nur ein paar Brocken, tut mir leid.« Sie packte ihre Sachen aus und machte sich an ihre Handarbeit. In einwandfreiem Deutsch mit italienischen Akzent, antwortete sie ihm.

»Früh ist es sehr angenehm hier und schön schattig. Ab Mittag wird es mir zu heiß und ich gehe nach Hause. Dort haben wir einen kühlen Innenhof, da lässt es sich schön aushalten. Aber jetzt genieße ich die kühle Brise, die frische Luft in die Kanäle trägt, später wird es sehr stickig und es stinkt fürchterlich. Gut, aber das ist eben Venedig.« Sie häkelte weiter. Nathan nutzte den Moment und sprach sie erneut an.

»Entschuldigen sie Signora, wissen sie, wann der Laden hier öffnet? Ich müsste nämlich die Besitzerin sprechen, eine Signora Maresa Danesi.« Die Alte schob ihr

Häkelzeug zurück in den Korb, stellte ihn beiseite und legte die Arme in den Schoß.

»Was wollen sie denn von ihr? Sie wird heute etwas später kommen, da müssen sie sich noch etwas gedulden. Sie sind Deutscher, woher kommen sie genau?«

»Aus Berlin, ich bin im Auftrag eines Notariats hier und soll eine Frau finden. Der Kellner vom Restaurant gegenüber, hat mir gestern gesagt, diese Frau Danesi lebt schon lange hier und kennt bestimmt jeden, der hier in diesem Viertel geboren wurde.«

»Ach Giovanni, dieses kleine Plappermaul. Noch grün hinter den Ohren aber denken, von allem eine Ahnung zu haben. Diese Frau die sie suchen, wie heißt sie, ich lebe schon einiges länger hier wie meine Tochter Maresa, der übrigens dieser Laden gehört. Ich habe ihr versprochen, heute für sie aufzuschließen, da sie einige Besorgungen zu machen hat. Früh am Morgen ist eh nicht viel los, da die meisten Touristen noch schlafen oder beim Frühstück sitzen. Sie kommt erst in zwei Stunden. Wie heißt die Frau noch die sie suchen?«

»Ich sagte ihren Namen noch nicht, ich weiß auch nicht, ob sie nicht ihren Nachnamen geändert hat, durch Heirat oder so. Sie hieß damals Sophia, Sophia Avesani. Kennen sie eine Avesani die hier lebte. Sie müsste etwa neunzehn Jahre alt gewesen sein und es war das Jahr 1959.« Unvermittelt schnappte die alte Frau nach Luft und kippte zur Seite. Nathan erkannte den Ernst der Situation und schaffte es zu verhindern, dass die Frau nach vorne von der Bank fiel. »Hilfe, so hilft doch jemand!« Gegenüber eilte Giovanni aus dem Lokal, schnappte sich eine Flasche San Pellegrino und rannte über die kleine Brücke zum Laden.

»Was ist passiert, Signora Sophia, geht es ihnen nicht gut?« Er hielt ihr die Flasche an den Mund, und sie begann ein paar kleine Schlucke zu trinken. »Sie verträgt diese Schwüle nicht, das hatte sie schon öfters. Aber sie kommt jeden Tag hierher und bleibt so lange, bis die Mittagssonne über der Stadt steht. Und das schon über sechzig Jahre. Sagen jedenfalls die Leute. Sie sitzt dann hier, häkelt und schaut gelegentlich zur Nuova Perla hinüber. Merkwürdige Frau.« Die alte Dame atmete wieder gleichmäßig und Nathan und Giovanni halfen ihr hoch auf die Bank. »Signora Sophia, sie sollten lieber nach Hause gehen, es geht ihnen offensichtlich heute nicht so gut. Seien sie doch vernünftig!«

»Giovanni!« Schnaubte sie ihn an. »Giovanni geh du rüber und putze deine Tische und deck ein, aber sag mir nicht, was ich zu tun und zu lassen habe du Rotznase. Mein ganzes Leben, habe ich gewusst was ich tue und da kommt so ein Naseweis aus Trentino und will mir Vorschriften machen.« Sie rückte ihr Kleid zurecht und sah den jungen Mann so erzürnt an, dass er auf dem Absatz kehrtmachte und mit hängenden Kopf, zurück zum Restaurant schlich. Nathan sorgte sich um die Frau. »Er hat recht, vielleicht wäre es wirklich besser, wenn sie nach Hause gehen würden. Ich kann doch auch alleine auf ihre Tochter warten.« Sie packte Nathans Hand. »Warum, sagen sie mir, warum suchen sie diese Sophia?« Nathan versuchte sich, von ihrem festen Griff zu lösen.

»Ich kann ihnen dazu leider nichts sagen. Wie gesagt, ich arbeite im Auftrag eines Notariats und wir sind verpflichtet...«

»Unfug, sie werden diese Frau niemals finden, wenn sie mir nicht den Grund ihrer Suche sagen!« Nathan stutzte.

»Sagte der Kellner nicht gerade Signora Sophia zu ihnen? Könnte es sein, dass...?« Ihr Griff lockerte sich und sie ließ Nathan los.

»Sophia Avesani war mein Mädchenname und es gibt nur einen Deutschen der diesen Namen kennt. Friedrich!«

»Sie haben recht, ich bin im Auftrag von Friedrich hier.«

Es gibt auf dieser Welt den Begriff »Leuchten«. Man spricht meist dann davon, wenn einen Menschen eine ungeheuerliche Freude überkommt, oder er eine besondere Aura oder Ausstrahlung hat. Im Fall von Signora Sophia, schien es Beides zu sein. Sie lächelte und ihre Augen hatten so etwas Zufriedenes und Glückliches, das es fast unvergleichlich erschien.

»Friedrich hat sie sehr, sehr lange gesucht. Ungewöhnliche Umstände haben leider dazu geführt, dass er damals ihre Adresse verlor. Er hat so intensiv nach ihnen gesucht, wie man nach einem geliebten Menschen nur suchen kann. Es war eine andere Zeit. Es gab kein Internet und Behörden machten sich nicht die Mühe, Informationen weiter zu geben. Dann musste sich Friedrich auch um seine kleine Schwester kümmern die durch einen Unfall zum Pflegefall wurde. Er hat sie gepflegt, bis sie starb. Nach dieser langen Zeit, war er selbst zum alten Mann geworden. Er war müde und schwach und als er ahnte, dass seine Zeit begrenzt war, hinterließ er einen letzten Wunsch.« Nathan griff in die Jackentasche und holte ein Tuch heraus, in dem etwas eingewickelt war. Er legte es der alten Frau in den Schoß. Mit zitternden Händen wickelte sie den Stoff auseinander und eine kleine, mit rotem Samt bezogene Schachtel, kam zum Vorschein. Eine erste Träne suchte sich den Weg über Sophias Wange. Sie öffnete die Schachtel und

Nathan erkannte den in Watte gehüllten Anhänger. Ein goldenes Herz.

»Er hat sie wirklich geliebt, sein ganzes Leben lang.« Eine zweite und dritte Träne rann über ihre Wange und ihre Hand schloss sich fest um das Schmuckstück. Sie wandte sich Nathan zu und in ihrem Gesicht, erkannte er Schmerz und Glück gleichzeitig. Sie nickte langsam und wischte sich die Tränen aus dem Gesicht.

»Wissen sie junger Mann, Liebe und Schmerz liegen oft sehr nahe beieinander. Doch die Liebe ist stets stärker als der Schmerz, sonst hätte ich nicht leben können. Wir zogen kurz nachdem Friedrich Venedig verlassen hatte nach Verona. Mein Vater hatte dort eine gute Stelle bekommen und wir mussten mit, ob es uns gefiel oder nicht. Ich weinte nächtelang und wusste, dass es schwer für Friedrich sein würde, mich zu finden. Das Meldewesen und die Behörden waren noch nicht so entwickelt, wie man es heute gewohnt ist. Ich wurde eine verschlossene junge Frau. Nach zwei Jahren lernte ich einen jungen Mann kennen. Wir wurden Freunde, kein Liebespaar! Er hielt mich am Leben und zeigte mir all die schönen Dinge, vor denen ich mich verschlossen hatte. Wir gingen aus, fuhren zum Baden an die Adria. Eigentlich taten wir alles, was junge Menschen tun. Mario, so hieß mein Freund stellte mir nie diese eine Frage und er bedrängte mich in keinster Weise. Es war etwa vier Jahre später, ich ging alleine spazieren im Parco Giardino Giusti. Ich liebte diesen Park. Er war zwar nicht riesig aber wunderschön. Alte Bogengänge und mächtige Zypressen, dazwischen akkurat geschnittene Hecken und Labyrinthe aus Buchsbaumbüschen. Dazwischen kleine Brunnen und Parkbänke unter schattenspendenden Bäumen. Es kamen oft Paare her, die heirateten und ließen sich vor dieser schönen Kulisse fotografieren, so auch an diesem

Tag. Ich saß auf einer dieser hölzernen Bänke, als eine junge Braut auf mich zukam und mich darum bat, sich auf dieser Bank mit ihrem Bräutigam fotografieren zu lassen. Bereitwillig stand ich auf, um ihnen die Bank freizugeben. Sie bedankte sich und ich wünschte ihr Glück und ein gutes Leben. `Das wünsche ich ihnen auch Signora, vom ganzen Herzen!´ Als ich den Park verließ, wusste ich, dass ich Mario heiraten würde. Er war ein wunderbarer, gutherziger Mann und ich wusste, dass er es wert war, mein Mann zu werden. Ich machte ihm am gleichen Tag einen Antrag und wurde drei Monate später Frau Sophia Danesi. Ich habe diesen Schritt bis heute nicht bereut. Wir bekamen eine Tochter, Maresa, ihr gehört der Laden vor dem wir sitzen. Ich bin zweifache Großmutter von zwei lieben Enkeln und mein Leben war stets eine Freude. Wir zogen auf meinem Wunsch hin wieder nach Venedig. Mein Herz gehörte einfach dieser Stadt. Mario übernahm die Nuova Perla und so lebten wir bis vor zwölf Jahren. Mario starb an einen Hirnschlag. Schnell und ohne Schmerzen ging er von mir. Es war eine schwere Zeit, aber ich hatte das Lokal und so blieb mir wenig Zeit zu hadern. Ein Jahr später bekam ich ein gutes Angebot und verkaufte die Perla. Der Vertrag enthielt aber eine Klausel meinerseits. Ein besonderer Tisch würde immer reserviert sein.« Nathan verstand.

»Es war der Tisch an dem sie und Friedrich immer gesessen hatten, habe ich recht?«

»Sie sind ein schlauer Junge, wie heißen sie eigentlich?«

»Nathan, Nathan ist mein Name.«

»Also gut Nathan, ich empfand es nicht unfair gegenüber von Mario. Mario war tot und mir wurde das zweite Mal das Herz gebrochen. Wenn sie wissen wollen, ob man zweimal lieben kann, sag ich ihnen, ja das kann man

114

und zwar mit der gleichen Inbrunst und Hingabe. Ich habe Friedrich nie vergessen und ich werde auch meinen Mann nie vergessen. Meine Liebe ist groß genug für beide. Ich saß nach Marios Tod jeden Tag in der Nuova Perla und sah hinaus aufs Meer. Es gab stets ein Quäntchen Hoffnung, Friedrich würde eines Tages vor mir stehen. Die Hoffnung war mein Lebenselixier. Ich hörte auf in einsamen Nächten zu weinen, kümmerte mich stets um meine Tochter und meine Enkel. Ich war dankbar für jede Minute meines Lebens. Glück, Glück ist etwas, wovon man sein ganzes Leben zehren kann, auch wenn es nur einen kurzen Moment bei einen war. Ich habe mit Friedrich nur ein paar Tage verbracht. Man möchte meinen, was sind ein paar Tage in einem so langen Leben. Es waren die schönsten. Meine Ehe war anders, Mario war alles, was sich eine Frau wünschen kann. Liebenswert, fürsorglich und zuvorkommend. Aber dieses Feuer, das ein junges Herz brennen lässt, habe ich nur mit Friedrich erleben dürfen. Sie haben mir einen wichtigen Teil meines Lebens zurückgebracht. Manchmal, hatte ich Zweifel, ob Friedrich einfach nicht zurückkehren wollte. Zu weit und zu lange waren wir voneinander entfernt. Womöglich ist seine Liebe schnell erloschen und er hat jemand anderen kennengelernt und mich schon vergessen.«

»Das kann ich nur verneinen.« Nathan nahm ihre Hand. »Friedrich hat nie geheiratet und auch nie eine andere Frau geliebt. Natürlich frisst die Zeit an der Erinnerung, aber sie hatten stets einen festen Platz in seinem Herzen.«

»Wie ist er gestorben?«

»Er hatte Krebs, er ist letztes Jahr im November eingeschlafen.« Sophias Finger strichen zärtlich über den Anhänger. »Er hat einen Freund in Deutschland erwähnt. Ich glaube er hieß Benja oder Benama oder so ähnlich. Er sagte, er habe ihn viel zu verdanken und er wollte ihn bald besuchen, wenn er zurück in Deutschland ist. So wie er von ihm erzählte, hatten die beiden eine besondere Bindung. Dieser Freund, den sie meinen, heißt Benaja Lewinsky und genau dieser Freund, hat mich zu ihnen geschickt. Er ist ein ganz besonderer Mensch und ich denke Friedrich war auch ein besonderer Mensch. Wissen sie, Benaja ist zwar Notar, aber darüber hinaus kümmert er sich um Wünsche und Dinge, die besser zu Lebzeiten hätten geschehen sollen. Aber das Leben ist nicht immer so, wie wir uns das wünschen würden, das Schicksal legt uns oft Steine in den Weg, oder wirft einen Wegweiser um und wir gehen den falschen Weg und verlaufen uns. Es ist nicht unsere Schuld, aber so kommt es zu Missverständnissen oder wir werden aus unserer vorbestimmten Bahn geworfen.«

»Gott geht nie den einfachen Weg und auch wir Menschen sollten das nicht tun. Ich bin froh, dass ich sie noch kennenlernen durfte Nathan. Es ist ein großes Geschenk und nun kann ich beruhigt alt werden und sterben!«

»Nein, das müssen sie noch nicht!«

»Werde ich auch nicht mein junger Freund. So schnell gibt die alte Sophia nicht auf. Ich denke, ich habe noch ein paar Jahre gut zu tun. Meine Enkel brauchen mich und auch meine Tochter. Und auch das Leben braucht mich. Ich spüre eine große Kraft in meinem Herzen, groß genug um sie mit anderen zu teilen. Haben sie jemanden, den sie lieben?« Nathan zögerte etwas.

»Ich bin mir nicht ganz sicher. Sie liebt mich und ich habe es nicht erkannt. Ich war zu sehr mit meiner Arbeit beschäftigt.«

»Zum Teufel damit, die Liebe ist viel zu kostbar um sie hinter der Arbeit anzustellen. Lassen sie das Mädchen nicht zu lange warten, Frauen sind von Natur aus ungeduldig und ehe sie sich versehen, ist sie ihnen davongelaufen. Versprechen sie mir, ihr eine Chance zu geben, jeder hat eine Chance verdient.«

»Ich verspreche es ihnen. Gleich morgen nehme ich den ersten Flug nach Berlin. Sie hat mir sehr viele Dinge erzählt, die man nur jemanden erzählt, den man vertraut.«

»Gehen sie jetzt Nathan, sie haben mich sehr glücklich gemacht, sagen sie das Benaja Lewinsky und sagen sie ihm auch, dass er wunderbare Dinge tut. Meine Tochter wird gleichkommen und ich muss den Laden noch öffnen. Heute wird ein guter Tag, ich habe ihr viel zu erzählen. Aber warten sie noch einen Moment, ich habe da was für sie, ich denke, ich brauche es nicht mehr.« Sie öffnete ihre Hand und reichte Nathan die rote Schmuckschachtel.

»Aber nein Signora Sophia, das kann ich nicht annehmen, es hat so lange auf sie gewartet.«

»Zu lange, junger Freund, zu lange. Die Zeit ist nicht stehen geblieben, sie hat mich alt werden lassen. Die Zeit, die mir noch bleibt, ist kostbarer als die Vergangenheit. Lassen wir sie ruhen und geben ihr einen Platz in unserem Herzen. Die Gegenwart ist greifbar sonst nichts. Die Zukunft...« Sie zuckte mit den Schultern und lächelte. »Mal sehen.« Sie schloss mit ihren Händen die Seinen um das Kästchen. »Leben sie wohl und glücklich Nathan, ich werde sie nicht vergessen!«

»Ich danke ihnen Signora Sophia, leben sie wohl.« Sie löste ihre Hand von der seinen, griff nach ihrem Korb und drehte ihm den Rücken zu, während sie nach dem Ladenschlüssel kramte. Nathan wusste, dass er aufbrechen sollte. Es war alles gesagt und es war in Ordnung. Er steckte das Kästchen in seine Jacke und es fühlte sich gut an, sehr gut!

Isaak spürte, wie es unter dem Stoff seiner Jacke anfing zu brennen. Er wusste, dass Andriy recht hatte und er fühlte das Blatt Papier, dass sich über sein Herz legte wie ein Tuch, welches man aus kochenden Wasser gezogen hatte. Es schmerzte und tat furchtbar weh. Vor zwei Tagen hatte er es auf dem Tisch in der Hütte gefunden, als er anfing, seine Aufzeichnungen zu verbrennen. Blatt für Blatt wanderte in die Flammen und als er das Bild von Ivo in der Hand hielt, erstarrte er. Ivo hatte wie schon so oft einen blauen Hintergrund angelegt und in der Mitte einen beige-bräunlichen Fleck gemalt, welcher die Insel darstellen sollte. Außen herum einen dieser schwarzen Kreise. Doch nicht wie immer war nur ein Punkt im Kreis, sondern zwei. Gedankenverloren steckte er das Blatt in seine Jacke und fuhr fort alles, was er all die Jahre niedergeschrieben hatte, zu vernichten.

»Sieh dir das Bild genau an! Ivo hatte zu keinem auf der Insel einen so intensiven Kontakt wie zu dir. Du bedeutest ihm etwas! Du bist sein Freund, auch wenn dein studierter Verstand zu dumm ist, das zu erkennen, es ist so! Du suchst nach dem Glück? Sieh in Ivos Augen, wenn er dir eine Geschichte erzählt. Hast du nie gemerkt, wie aufgeregt er ist, wenn du ihn zum Fischen mit hinaus aufs Meer genommen hast? Das, was du die letzten Jahrzehnte gesucht hast, hat dich gefunden. Nicht du es. Geh nach Bangladesch und frage eine jugendliche Textilarbeiterin, was für sie Glück bedeutet. Sie wird dir trotz der widrigen

Arbeitsbedingungen sagen, dass sie eine Arbeit hat und damit ihre Familie unterstützen kann. Frag Nomaden in der Sahelzone, was sie glücklich machen würde. Sie werden dir sagen, ein Wasserloch wäre das Wichtigste, oder einen Brunnen im Dorf, damit das Vieh und die Menschen nicht verdursten. Frag einen Leukämiekranken auf der Onkologie, was er unter Glück versteht. Einen Monat mehr Zeit. Das wäre Glück für ihn. Wie viele Beispiele brauchst du, bis dir klar wird, dass Glück nicht in eine Formel passt, auch nicht in einen zeitlichen Rahmen. Es genügt oft ein winziger Moment des Glücks, um ein Leben lang davon zu zehren. Wie fordernd und raffgierig sind wir doch danach und irgendwann vergessen wir, was wirkliches Glück ist. Wir denken Glück wäre Geld, ein Handy, ein Auto, eine schöne Frau... Dann haben wir vergessen, was Glück ist und werden unglücklich. Du hast gedacht, Glück braucht einen Rahmen, ein Bild, eine Formel. Hat dich diese Suche glücklich gemacht? Du bist ein einsamer, trauriger Mann geworden Isaak. Die Toten im Lager sind nicht schuld, auch nicht der Zweite Weltkrieg und die Zeit im Heim. Du hast gelitten, als man dich von Benaja trennte. Das rote Kreuz hatte alle Hände voll zu tun. Sie konnten nicht alle Kinder beieinander lassen die sich kannten. Eine neue Ordnung kehrte ein in Deutschland. Friedrich hat seine Mutter wiedergefunden. Du bist alleine geblieben, keiner hat dich abgeholt. Bist du deswegen so geworden? All dein Wissen hat dich nicht glücklich gemacht. Aber es ist nie zu spät. Ivo wartet auf dich auf Premuda. Du könntest stolz sein auf den Jungen. Er legt die Netze richtig aus, kann Fische ausnehmen, die Segel setzen. Ein toller Junge. Seine Bilder sind zwar simpel, aber seine Erklärungen dazu, facettenreich und genial. In ihm steck viel mehr als alle anderen glauben. Er sieht auf zu dir, du könntest ihn fördern und das geben was er sucht.

Anerkennung und Geborgenheit.« Isaak kratzte sich nachdenklich den Kopf.

»Ich habe Gott herausgefordert, ihn beleidigt und verflucht. Er schickt mir einen toten Jungen, was ist das für eine Logik?«

»Gott handelt nicht logisch, ihm ist jegliche Logik und Berechnung fremd. Du hast gegen den Gott gestritten, dessen Bild die Kirche gemalt hatte. Diesen Gott hat es nie gegeben. Er kennt kein Klischee, keine Gewohnheit und vor allem keine Wiederholung. Alles, was er tut, ist einzigartig. Unsere Astronomen und Physiker sind der Überzeugung, man könnte eine Weltformel finden, eine Erklärung für Alles. Sie denken es gab einen Urknall, der alles, was dort draußen ist, hervorbrachte. Ich verrate dir was, Sie haben einfach keine Ahnung. Zeit spielt keine Rolle, sie ist unsere Erfindung. Darum ist sie auch so wichtig für uns. Unsere Physik endet schon jenseits unseres Sonnensystems. Um es einfacher zu erklären, nimm ein Sandkorn, fotografiere es, vermesse es, untersuche seine Farbschattierungen, sein Gewicht, seine Dichte. Dieses Sandkorn ist einzigartig, du wirst in der ganzen Sahara kein zweites finden, das diesem gleicht. So und nun nimm unser Universum. Es ist dieses Sandkorn. Nun blick in die Ferne. Wie viele Sandkörner siehst du. In der Sahara, an allen Stränden der Welt. Es ist nicht zählbar und berechenbar was Gott tut. Aber, und das ist das besondere an ihm, er hat uns Gefühle geschenkt. Diese Gefühle geben uns die Chance, zu spüren, was gut und böse ist und selbst auswählen zu können, wofür wir uns entscheiden. Nun Isaak, wofür hast du dich entschieden. Ich werde dich nun verlassen. Es war schön, dich noch einmal wiedersehen zu dürfen. Du bist noch immer der kleine, ängstliche Junge wie damals im Lager. Nun kannst du, mit nur einer kleinen Entscheidung, endlich erwachsen werden.

Sieh doch! Dort draußen springen die Delfine. Sie ziehen nach Nordosten. Du könntest ihnen folgen.« Isaaks Blicke schweiften hinaus aufs Meer. Etwa einhundert Meter entfernt sah er eine große Familie Tümmler, die spielend aus dem Wasser schossen, kunstvolle Sprünge vollführten und wieder abtauchten. `Delfine bringen Glück!´, das waren stets Ivos Worte, wenn sie beim Fischen einen, oder mehrere dieser großartigen Tiere erspähten. Oft sahen sie ihnen lange zu und nicht selten kamen sie nahe heran ans Boot. Sie sprangen in die Luft, schwammen parallel zum Rumpf und drehten sich zur Seite. Oft hatte Isaak das Gefühl, sie würden von ihnen beobachtet.

»Ivo hat Delfine geliebt, Andriy! Er hat immer vor Freude in die Hände geklatscht, wenn wir welche entdeckten!« Andriy antwortete nicht und als sich Isaak nach ihm umdrehte, bemerkte er, dass er wieder alleine war auf dem Boot. Dort, wo Andriy zuletzt gesessen hatte, lag seine Mütze, die er stets getragen hatte. Isaak nahm sie an sich und weinte, dann griff er in seine Jacke und zog das zusammengefaltete Bild hervor, das Ivo gemalt hatte. Vorsichtig faltete er es auseinander.

Die Fähre passierte vor wenigen Momenten die Westseite von Unije als Benaja endete.

»Das ist also meine Geschichte. Ich hoffe, ich habe sie nicht zu sehr gelangweilt.« Jadranka stand auf und lehnte sich an die Reling.

»Nein, keinesfalls! Es ist doch immer wieder aufregend, welche Geschichten, hinter einen einzigen Menschen stehen. Sie haben sich einer ehrenvollen Aufgabe verschrieben. Wird es ihnen nicht manchmal zu viel? All diese Schicksale?«

»Ich bin nicht alleine und das gibt mir Kraft aber ich werde jedes Jahr älter und schwächer und ich habe Angst vor dem Moment, wenn ich meiner Aufgabe nicht mehr gerecht werden kann. Seit Nathan bei mir ist, habe ich diese Furcht verloren. Wenn ich Premuda verlasse, werde ich ihm das Notariat überschreiben. Ich kenne ihn erst ganz kurz, aber ich konnte sofort in sein Herz sehen und da war nur Gutes.«

»Haben sie keine Angst vor dem, was sie in Premuda erwartet?«

»Ich habe vor nichts Angst, nur vor der Dummheit der Menschen. Isaak kam nach der Befreiung von Buchenwald in ein Kinderheim. Jahre später, als ich ihn wieder ausfindig gemacht hatte, trafen wir uns im Englischen Garten in München. Er war ein in sich gekehrter junger Mann geworden. Wir liefen lange schweigend nebeneinander. Plötzlich blieb er stehen, umarmte mich und weinte bitterlich. Wir setzten uns auf eine der vielen Bänke und er berichtete mir, wie es ihm ergangen war. Frau Jadranka, als er mir seine Geschichte erzählte, hatte ich manchmal das Gefühl, man hatte ihn von einem Lager in ein anderes gebracht. Wissen sie, mir war klar, dass man so kurz nach dem Krieg, nicht pädagogisches Fachpersonal und Psychologen zur Hand hatte. Fast alle Kinder waren traumatisiert, aber das interessierte keinen. Man pferchte sie wieder zusammen, alle Altersgruppen, Religionen und Herkunft. Es herrschte schon im Lager eine Hierarchie und diese setzte sich fort. Es galt das Gesetz des Stärkeren. Isaak war nie einer der ihnen. So litt er weiter, monatelang. Sie schlugen ihn, nahmen ihm sein Essen weg, sperrten ihn in einen Verschlag unter der Treppe ein. Er ertrug schweigend sein Schicksal, denn er glaubte immer an das Gute im Menschen. Nach zwei Jahren wurde er an eine Familie vermittelt. Es waren Bauern, die ihre Söhne an die Wehrmacht verloren hatten. Verbittert und rücksichtslos, so wurde Isaak nicht etwa zu ihrem Kind, sondern zu einer billigen Arbeitskraft. Sein offenes Herz, verschloss sich immer mehr. Er arbeitete um zu Essen und für ein Bett. Er ertrug die Schläge des Bauern und die Schelte seiner Frau. Aber er wurde stark und kräftig und erwachsen. Als der Bauer wieder einmal ausholte um ihn zu schlagen, ergriff er dessen Hand, drehte sie so lange, bis die Knochen brachen. Der Alte schrie wie am Spieß und machte sich vor Angst in die Hosen. Isaak verließ den Hof. Er versprach sich selbst, sich nie wieder demütigen zu lassen und von nun an sein Leben alleine zu bestimmen. Er ging einen harten Weg, doch in Deutschland wurden Männer gebraucht. So kam er schnell zu einer Anstellung und verdiente gutes Geld. Er besuchte nebenbei die Schule und lernte wie verrückt. Er las, was er in die Finger bekam und so konnte er zufrieden sein mit dem, was er erreicht hatte. Doch er wurde getrieben von der Überzeugung, mehr und mehr lernen zu wollen. Sein Herz war ein stiller Ort und er blieb allein. Für eine Beziehung war kein Platz darin, zu viele Fragen und zu wenige Antworten. Er ist an den Menschen zerbrochen. Ich versuchte, ihm klarzumachen, dass es immer einen neuen Anfang geben würde, die Welt stehe jedem offen, besonders ihm. Wir saßen stundenlang dort auf dieser Bank und redeten. Aber umso mehr er erzählte, umso weniger verstand ich seine Auslegungen. Er war doch mein kleiner Bruder, doch er war mir so fremd geworden. Benaja, sagte er, Benaja, wenn ich das gefunden habe, was ich suche, dann bist du der erste, der es erfährt. Ich habe seitdem nichts mehr von ihm gehört, all die langen Jahre nicht.« Jadranka setzte sich wieder neben Benaja und nahm seine Hand.

»Sie konnten nichts für ihn tun, aber ich glaube, er hatte sich schon zu weit von den Menschen entfernt. Sie hatten seiner Seele nur Schmerzen zugefügt, das erträgt ein Mensch nicht auf Dauer. Irgendwann zerbricht man daran. Er dachte, er könnte das erklären und begreifbar machen, aber uns beiden ist klar, dass das unmöglich ist. Ich war nicht vorbereitet auf so eine Geschichte. Eigentlich war ich nur auf der Rückreise zu meiner Insel. Aber Geschichten fragen nicht danach, ob es einen gerade passt. Sie klopfen einfach an deine Tür. Du öffnest und sie stehen vor dir. Wir haben uns vor heute Morgen nicht gekannt, aber ihre Geschichte ist mit meinem Leben verknüpft. Ich saß auf dieser Hafenmauer und habe die Fragen ihres Freundes beantwortet. Wir alle sind ein Teil der Geschichten anderer. Oft vergehen Jahre oder auch mehrere Generationen, doch irgendwann treffen wir aufeinander. Aber wissen sie, was ich glaube. Es muss so sein. Darf ich sie nach Premuda begleiten? Ich kenne die Menschen dort und sie kommen so auch schneller ans Ziel.« Benaja wusste, dass sie recht hatte. Es war kein Zufall, dass sie sich heute Morgen trafen und zudem vertraute er ihr.

»Ich würde mich freuen, wenn sie mich begleiten. Sie haben natürlich recht, ich kenne mich hier nicht aus. Zudem sind sie eine sehr nette Person, wenn ich das so sagen darf.«

»Dürfen sie, das beruht natürlich auf Gegenseitigkeit.« Die Fähre fuhr Richtung Ilovik. Jadranka führte ein kurzes Gespräch mit dem Handy und setzte sich wieder zu Benaja.

»Alles kein Problem, mein Mann wird die Kinder ins Bett bringen und sich um das Abendessen kümmern. Er ist es gewohnt, dass ich Pläne über den Haufen schmeiße. Machen sie sich aber deswegen keine Gedanken, er weiß ja wo ich bin.«

»Ich finde es sehr nett von ihnen, dass sie sich die Zeit nehmen, mich zu begleiten.«

»Mach ich doch gern, so sehe ich wenigstens meinen Onkel mal wieder. In der Saison, bleibt einen leider zu wenig Zeit, einander ständig zu besuchen. Sie werden ihn mögen, er ist ein lieber Kerl.« Die Sonne stand schon hoch, als sie die enge Durchfahrt vor Ilovik passierten. Das Meer war ruhig und es war fast windstill. »Dort ist mein Geburtsort und da vorne, links neben der Kirche steht unser Haus und noch ein bisschen weiter links, unsere Schule.«

»Sie haben eine Schule auf der Insel? Leben denn so viele Kinder hier?«

»Oh Gott nein, es sind nur drei und die Schule ist ein kleines Zimmer mit Computerbildschirm. Wir sind mit einer Schule auf dem Festland vernetzt. Sie nehmen live am

Unterricht teil. Es wäre zu umständlich, jeden Tag mit den Fähren hinüber zu fahren. Es bleibt nur das Internat, oder für die, die hierbleiben wollen, der Fernunterricht. Die Technik macht es möglich. Viele junge Familien leben nur im Sommer hier und im Winter auf dem Festland. Die Winter sind sehr stürmisch und ungemütlich und oft wenn die Winterbora bläst, gibt es tagelang keine Möglichkeit, die Insel zu verlassen. Es wäre einfach zu gefährlich. Aber es ist auch die Zeit der Ruhe. Wir renovieren die kleinen Schäden an den Häusern, schlichten Steinmauern wieder auf, haben Zeit zum Lesen oder wenn die See es zulässt, fahren wir zum Fischen raus oder legen Netze aus. Der Fang wird geteilt, wenn es für eine Familie zu viel ist und oft sitzen wir zusammen, kochen, essen und reden miteinander. Wissen sie, so eine Insel ist nichts für Eigenbrötler. Irgendwann kennt man jeden und zwar mehr als es auf dem Festland möglich ist. Jede Laune und Eigenart meiner Einwohner ist mir bekannt. Vielleicht kommen wir deshalb so gut miteinander aus, wir haben keine Geheimnisse voreinander. Wir teilen, wenn wir zu viel haben. Wir treffen uns alle in der Kirche, wenn Stürme toben und beten miteinander.«

»Ist der Glaube etwas Wichtiges auf ihrer Insel? Ich weiß, das ist eine sehr persönliche Frage aber es würde mir helfen, einiges besser zu verstehen.« Jadranka holte aus ihrem Ausschnitt eine feine Goldkette mit einem Kreuz hervor.

»Ich weiß, dass sie ein Agnostiker sind und sie fragen dennoch nach meinem Glauben. Ich denke, sie sind ein Suchender. Ein Mensch, der die perfekte Mischung noch nicht gefunden hat. Natürlich hat jede Religion einen gleichen Kern, doch das Drumherum gefällt uns oft nicht. Denken sie, mir geht es nicht ähnlich, ich hätte nicht auch Zweifel an meiner Kirche? Ich war ein Kind, als der

Jugoslawienkrieg tobte. Wir bekamen nicht manches von den Kampfhandlungen mit, aber wir erlebten, wie eine Ideologie, eine Religion die Menschen entzweite. Auch hier lebten Serben, sogar meine beste Freundin war eine Serbin. Als die Serben in Kroatien einfielen und Dörfer in Flammen steckten und die Einwohner dahin schlachteten wie Vieh, war es vorbei mit der Nachbarschaft. Mit Argwohn begegnete man sich auf der Straße. Ich durfte nicht mehr mit meiner Freundin spielen. Da es nur zwei Familien waren, fühlten sich diese hier nicht mehr sicher und zogen aufs Festland. Ich verstand das alles nicht und weinte meiner Freundin nach. Ich hörte wie sich meine Eltern und die anderen auf der Insel oft über Dinge, die dort drüben passieren, unterhielten. Ich verstand das nicht und ich hasste die Männer, die Krieg führten. Der einzige, dem ich mich anvertraute, war mein Großvater. Ich beobachtete ihn immer, wenn die anderen in der Konoba vor dem Fernseher saßen und die Nachrichten vom Kriegsgeschehen verfolgten.« Er saß stets abseits und schwieg. Ich setzte mich neben ihn und fragte, wer denn schuld sei an dem Krieg. Er nahm mich auf seine Beine und sah mir tief in die Augen. `Die Menschen mein Kind, es sind immer nur die Menschen und die Dummheit. Eigentlich mag keiner Leid und Not, aber trotzdem geschehen solche Dinge. Ich bete zu Gott, er möge den Krieg bald beenden aber ich weiß, dass nichts sofort und gleich geschieht, also warte ich. Ich warte, bis er gnädig ist. Er wird es auch sein, denn er hat den Menschen, trotz all ihrer Dummheit immer eine weitere Chance gegeben, es beim nächsten Mal besser zu machen. Wir haben nur diesen Gott, also flehen wir ihn an. Andere Völker haben einen anderen Gott, aber sogar sie bitten um Gnade und Erlösung. Gott würde nie einen Krieg gutheißen, niemals. Aber, er schenkt uns zu jeder Sekunde unseres

Lebens sein Ohr. Jadranka, du bist ein gutes und schlaues Mädchen, wenn du glaubst, wirst du dein Leben meistern.´

»Er durfte das Ende des Krieges noch miterleben. Sie können sich gar nicht vorstellen, mit welcher Freude er durchs Dorf rannte und immer wieder schrie.«

`Es ist vorbei, der Krieg ist endlich zu Ende!´

»Am selben Abend trafen sich alle am Dorfplatz. Jeder brachte Wein und Essen mit und die Erwachsenen schleppten Tische und Stühle herbei. Es war wie ein großer Geburtstag, Mate spielte auf seinem Schifferklavier und es wurde getanzt und gelacht. Keiner sprach diesem Abend über die letzten Jahre. Ich hatte keine Ahnung von all diesen Dingen, doch ich war mir sicher, dass der Glaube etwas bewirken kann. Klar setzten sich Politiker an einen Tisch, entsandten Blauhelmsoldaten, ordneten das Land und die ethnischen Gruppen neu doch warum? Weil sie daran glaubten und weil der Weg über den Frieden, die richtige Entscheidung war. Krieg entsteht nur dann, wenn der Glaube an sich selbst und alle Grundwerte, die uns doch immer so heilig waren, nicht mehr stark genug sind. Aber die größte Gefahr wäre die, wenn wir zulassen, dass bestimmte Menschen an die Macht kommen. Wussten sie, dass unser ehemaliger Präsident Tito all jene, die Kritik an ihm übten oder in einer anderen Weise aus seiner Sicht schädlich für Jugoslawien waren, auf zwei Insel sperren ließ? Die eine hieß Goli und dort wurden nur Männer inhaftiert und die andere Grgur dort wurden die Frauen untergebracht. Es gab keine Gitterstäbe denn zur nächsten Insel oder zum Festland war es viel zu weit und die, die es dennoch versuchten, ertranken jämmerlich. Eingepfercht in Baracken mussten sie dort Zwangsarbeit verrichten, Terrazzo und Möbel herstellen, oder in den Steinbrüchen in der Sommerhitze und den eisigen Winden des Winters schuften. Die Bedingungen unter denen die Menschen dort lebten waren unmenschlich und sehr viele überlebten ihre Haft nicht. Heute sind die Inseln verlassen und menschenleer, alles ist dem Verfall preisgegeben. Keiner will auf diesen Inseln wohnen, denn zu sehr, wandern dort die Seelen der Toten noch umher. Ich war einmal dort und ob sie es glauben oder nicht, ich hörte in den verfallenen Fabrikgebäuden ihr Stöhnen und ihr Weinen. Das alles ist nur geschehen, weil wir einen Menschen zu viel Macht in die Hände gegeben haben und weil wir nicht versuchten, ihn vom Thron zu stürzen. Es gibt auf der Welt zu viele Titos, Husseins, Assads oder Kim Jong un`s. Die Willkür eines Einzigen, stürzt ganze Völker ins Elend. Mein Großvater stellte sich mit seinem Glauben, gegen die scheinbare Allmacht eines Krieges. Er hat gewonnen! Als wir damals auf dem Dorfplatz feierten, bin ich zu ihm hingegangen und hab ihn gefragt.«

`Opa, hat das Gott getan, dass der Krieg jetzt aus ist? ´ Er lächelte und hob mich auf seinen Schoß.

`Nein Jadranka, das haben all die Menschen gemacht die an den Frieden geglaubt haben. Der liebe Gott hat uns die Möglichkeit gegeben, zu erkennen was richtig und was falsch ist, aber manchmal dauert es eben etwas länger, bis die Menschen spüren, dass sie einen Fehler gemacht haben. Natürlich sind dann meistens schon fürchterliche Dinge geschehen, solche, die wir nicht mehr rückgängig machen können. Aber, und dass ist das Wunderbare, wir lernen aus solchen Dingen und wenn wir dem Guten einen festen Platz in unserem Herzen geben, dann wird so etwas nie wieder geschehen. ´

»Er ist drei Jahre später friedlich eingeschlafen. Er hat mir alle Dinge, die ihm wichtig erschienen, beigebracht. Wir saßen stundenlang am Meer und er hat mir von den

Winden erzählt, den Stürmen und den Wellen. Ich erfuhr, welche Fische hier leben und welche wir essen können. Wir spazierten über die Insel und er zeigte mir Kräuter und Pflanzen, Eidechsen und Schmetterlinge.

Ich lernte Knoten zu binden und Netze zu flicken. Wir strichen sein Boot mit weißer Farbe und verschlossen mit heißem Teer Risse und Löcher. Dann erzählte er mir von der Vergangenheit, Geschichten und Sachen die wirklich passiert sind. Ich musste ihm versprechen, diese Geschichten meinen Kindern und Enkeln zu erzählen, damit sie nicht verloren gehen. Benaja, ich bin auf Ilovik geblieben. Es ist gut, was sie für diese Menschen tun, für mich müssten sie es nicht tun. Mein Großvater hat nichts vergessen, alles gesagt und getan. Ich werde es ihm gleichtun oder tue es schon. Ich hoffe, sie werden eines Tages arbeitslos, wäre das nicht schön?«

»Natürlich wäre es das aber ich glaube, dass ist noch ein langer Weg bis dahin. Ich habe keine Angst davor, gerade weil ich weiß, dass Nathan meine Arbeit fortsetzen wird. Sie tragen eine wunderbare Geschichte in ihrem Herzen. Ich danke ihnen, dass sie diese mit mir geteilt haben.«

Die Mittagssonne versteckte sich hinter diffusen Wolkenfeldern und so war es angenehm, oben auf Deck die Inseln an sich vorbeiziehen zu lassen. Zuerst links Unije und dann rechts Susak. Jede von ihnen war auf ihre Art beispiellos und reizvoll. Benaja dachte daran, welche Geheimnisse sich überall auf dieser Welt verbargen. Wie oft schreiten wir an Türen und Mauern vorbei, hinter denen Dinge liegen, die wir uns nur in unseren kühnsten Träumen vorzustellen wagen. Wunder und Grauen, Liebe und Schmerz. Diese Welt hat immer ein Unten und ein Oben, ein

Gut und ein Böse, ein Hell und ein Dunkel. Wer nie über seine Schultern blickt, raubt sich selbst die Möglichkeit, den eigenen Schatten kennenzulernen. Wer nie auf einen Berg steigt, kann nicht ins Tal sehen. Wer nie böse war, kann keine Reue zeigen. So erklärt sich alles von selbst. Die Welt darf nur mit Gegensätzen existieren oder, besser ausgedrückt, die Vollkommenheit im Menschen, ist das Gleichgewicht aller Dinge. Die Fähre schob sich langsam in die enge Durchfahrt von Ilovik und der kleinen Friedhofsinsel Sveti Petar. Es kam Leben an Deck. Touristen packten ihre Koffer oder Rucksäcke, Matrosen bereiteten das Schiff aufs Anlegen vor. Das Meer schäumte kurz auf, als der Kapitän den Rückwärtsgang einlegte und die Fähre aufstoppte. Ein gehöriges Vibrieren durchfuhr durch den Rumpf und sie kamen zum Stehen. Mit Geschick legte der Schiffsführer die Fähre seitlich an den Steg. Leinen wurden geworfen, ein paar laute Kommandos, und das Schiff war sicher verzurrt. Dann begann Geschäftigkeit auf dem Steg. Pensionsbesitzer kamen mit Leiterwagen oder Einachser mit kleiner Ladefläche, um den Gästen das Reisegepäck aufzuladen. Es gab keine Autos. Die Ladeklappe der Fähre öffnete sich und Paletten voller Lebensmittel und vor allem Getränke wurden entladen. Selbst Baumaterialien und Zementsäcke stapelten die Männer auf der Mole.

»Kommen sie Benaja, das Ganze wird noch eine Weile dauern, wir trinken einen Cappuccino bei Elza. Soviel Zeit haben wir. Ihr gehört das Lokal Amico am Steg und sie ist eine gute Freundin von mir.« Ohne auf eine Antwort zu warten, griff sie seine Hand und zog ihn vom Platz hoch. Er verweigerte sich nicht und außerdem hatte er gegen eine Tasse Kaffee eh nichts einzuwenden. So verließen sie die Fähre und begaben sich auf den Weg zu Elza. Jadranka wurde von allen Seiten begrüßt und sie ergriff Hände von alten Männern und jungen Frauen. Benaja spürte, wie beliebt sie war und welches unsichtbare Band diese Menschen zusammenhielt. Elzas Lokal war nur ein paar Schritte entfernt und sie ließen sich an einen Tisch im Schatten eines riesigen Sonnenschirms mit der Aufschrift einer bekannten, kroatischen Brauerei nieder. Es dauerte nur ein paar Sekunden, als eine ältere Frau freudig an unseren Tisch kam und zuerst Jadranka und dann Benaja begrüßte. Sie wechselten ein paar Sätze auf Kroatisch miteinander und Elza verschwand, um kurz darauf mit zwei Tassen Cappuccino wieder zu kommen. Sie setzte sich aber nicht zu den beiden an den Tisch, sondern ging zurück in den Wirtsraum.

»Wollen sie sich nicht mit ihrer Freundin unterhalten? ich habe kein Problem damit«

»Dazu haben wir den ganzen Winter Zeit. Sie hat sehr viel vorzubereiten. Heute Abend ist die Bucht voll mit Wassersportlern, die hier ankern und übernachten. Und glauben sie mir, da sind sehr viele hungrige Crews dabei. Wir haben auf Ilovik einige Ferienwohnungen und viele Tagesgäste, die zum Baden herkommen, aber das meiste Geld lassen die Bootsleute hier. Sie kaufen Obst und Vorräte ein, essen ein Eis und bestellen für die Nacht einen Tisch in einem der Lokale. Zudem zahlen sie Liegegebühren an den vielen Bojen, die sie gesehen haben, als wir Ilovik näherkamen. Es gibt Shuttleboote, die die Gäste holen und nach dem letzten Glas Rotwein, wieder zurückbringen. Eine Saison ist lange und anstrengend, aber wir müssen einige Monate davon leben und das ist nicht immer leicht.« Ein sanfter Windhauch vertrieb die stickige Luft, die schwer unter dem Schirm hing und Benaja glaubte, die Liebe, die diese junge Frau für ihre Insel empfand, spüren und verstehen. Eine Möwe ließ sich elegant auf einen der vielen

Stühle nieder und hoffte, man würde ihr etwas Essbares zuwerfen. Im klaren Wasser tummelten sich unzählige, kleine Fische und das Meer, spielte sein Lied, als es an den scharfen Felsen brach.

»Ich wünschte, ich wäre nicht in so einer traurigen Angelegenheit hier. Ich denke, ich könnte es einige Zeit hier aushalten. Wissen sie, auch ich habe eine Insel, wenn auch von anderer Art. Es ist ein stiller Ort, mitten im Trubel einer Großstadt. Dorthin dringt der Lärm und der Gestank der Straße nicht. Hätte ich diesen Ort nicht, wäre ich schon lange aufs Land gezogen, aber ich muss dort sein, wo meine Kunden sind und die meisten leben eben in Berlin.« Sie nippte kurz an ihrer Tasse.

»Wenn sie ihren Auftrag in Premuda erledigt haben, wäre es mir eine Freude, sie als mein Gast in Ilovik begrüßen zu dürfen. Wir haben noch ein Zimmer für Gäste und es wäre schön, wenn sie ein paar Tage bleiben würden. Bitte nehmen sie meine Einladung an, Ilovik hätte ihnen noch so viel zu erzählen!« Benaja war vollkommen überrascht von diesem Angebot und er dachte an die Kanzlei und an Nathan. Alma hatte den Laden stets im Griff, wenn er mal länger unterwegs war. Was sollte dagegensprechen, wenn er ein paar Tage anhängen würde.

»Wenn es ihnen keine Umstände macht...?«

»In keinster Weise!«

»Ich würde mich glücklich schätzen, ihr Gast zu sein und noch mehr über ihre Insel zu erfahren. Ich sage gerne zu!«

Isaak hatte lange geschlafen, das Bild von Ivo fest in der Hand. Sein Wunsch vom selbstgewählten Tod, hätte sich in dieser Nacht mit Sicherheit erfüllt. Zu schwach und zu ausgelaugt war sein Körper schon und er wäre nicht mehr aus seinem tiefen Schlaf erwacht, wäre nicht eine schwere Regenfront von Westen über die Adria gezogen. Gigantische Wolken, schwanger voller Feuchtigkeit, entluden sich über Isaaks Boot. Die ersten Tropfen, dick und schwer, klatschten auf das trockene Holzdeck und hinterließen dunkle Flecken. Als die Regentropfen Isaaks Gesicht trafen, zuckten seine Augendeckel. Noch erwachte er nicht. Erst als aus den wenigen Tropfen eine prasselnde Wand wurde, die seine Kleidung in Sekunden durchnässte. Zuerst öffneten sich die krustigen Lippen und obwohl es schmerzte, ließ er den Regen in seinen trockenen Mund fallen. Das erste Schlucken tat weh und ein Hustenanfall war die Folge, doch ein aufflammender Überlebenswille, ließ ihn weiter schlucken und so rann das kühle Nass seine Kehle hinunter und erfüllte den matten Körper mit neuer Kraft. Dann öffneten sich die Augen und seine Hände formten sich zu Schalen, die sich rasch füllten. Er stieß einen Schrei aus und streckte die Arme empor in die Nacht. Ein Lachen entrann seinem Rachen und steigerte sich bis zu hysterischen Schreien. Isaak lebte und er wusste, dass er lebte und er wusste, dass es noch nicht an der Zeit war zu sterben.

»Du lässt mich nicht gehen? Also gut, wenn es so sein soll, werde ich leben. Ungeachtet aller Dinge, die mich dazu bewogen, dir den Rücken zu kehren, hast du also noch Gefallen an mir. Ich dachte, alles lernen zu können, Glück und deine Existenz zu beweisen und erklären zu können. Meine Suche hat mein Herz benebelt und ich sah nicht, dass die Wahrheit stets bei mir war. Ich war achtlos und habe mein ganzes Leben damit vergeudet, mein Ziel zu verfolgen. Die ganzen Menschen, denen ich hätte Hilfe und Sicherheit geben können, ich habe sie ignoriert. Nun bin ich ein alter Mann und blicke zurück auf verbranntes Papier und zerschlagene Tafeln. Was habe ich der Welt gegeben? Nichts was zu erwähnen wäre! Selbst Gott habe ich in Frage gestellt. Dich, der du die Antwort auf alle Fragen bist. Was soll dieser alte Mann noch tun? Wozu bin ich denn nütze?«

Isaak sank in sich zusammen und weinte. Der Regen prasselte stundenlang auf ihn nieder und so verbarg er die vielen Tränen, die sich mit den Tropfen vermischten. Es schien, als weinte der Himmel mit ihm und erst als die Sonne die ersten Strahlen aus Osten schickte, ließ der Regen nach. Lichtfinger bohrten sich durch die Wolken und fraßen immer größere Löcher in den Himmel. Isaaks Hand schob sich vorsichtig unter die Jacke und er zog Ivos Bild hervor. Der braune Fleck und die zwei Punkte, waren trotz der Nässe des Papiers, noch gut zu erkennen. Mit dem Zeigefinger seiner rechten Hand, fuhr er darüber. Die nasse Farbe wurde verwischt und aus den zwei Punkten, wurde ein einzelner, nur größer.

»Ich komme Ivo, ich komme heim!«

Li-Mai stand am Bügelbrett und fuhr vorsichtig mit dem Bügeleisen über die Arbeitskleidung von Herrn Akumas Laden. Sie musste an die schöne Zeit denken, die sie dort verbracht hatte. Sicher, es war keine leichte Arbeit und oft fiel sie todmüde ins Bett und schlief sofort ein, aber es machte ihr Spaß und sie hatte Freude daran, die Kunden zu bedienen. Herr und Frau Akuma, hatten sie immer fair behandelt und sie gab ihnen nie Anlass zur Kritik. Als sie die Sachen in eine Papiertüte steckte, musste sie an Nathan denken und es wurde ihr warm uns Herz. Wo er wohl gerade war? Sie hatte solche Sehnsucht und konnte es gar nicht mehr erwarten, bis er zurückkehrte, obwohl sie nicht wusste, wie er sich entscheiden würde. Er hatte nie bemerkt, wenn sie ihn beobachtete. Er wirkte immer abgelenkt und gestresst, dennoch viel es ihm leicht zu lachen, und war ihr gegenüber stets hilfsbereit. Sie war nicht auf der Suche nach einem Mann. Mit diesem Gedanken hatte sie sich nie befasst. Sie war eingespannt und die wenige Freizeit, die ihr blieb, verbrachte sie lieber mit Lesen und Schlafen. Eines Nachts erwachte sie aus einem bösen Traum und scheinbar hatte sie geschrien im Schlaf. Nathan stürzte zur Tür herein und schüttelte sie und nahm sie in den Arm, bis alle dunklen Geister, wieder im Universum der Schatten, verschwunden waren. Er entschuldigte sich dafür, einfach in ihr Zimmer gekommen zu sein und ging dann wieder Schlafen. Sie vermochte seinen Duft noch tagelang zu riechen und die Umarmung zu spüren, wenn sie sich unter ihrer Decke zusammenrollte. Zuerst wollte sie es nicht wahrhaben, aber sie wusste, dass sie sich in Nathan verliebt hatte. Sie blickte zum Fenster hinaus und sah gerade noch, wie die Sonne im Westen hinter den Häusern verschwand. Sie zog sich an, und begab sich auf den Weg zu Herrn Akuma. Sein Geschäft lag in der Gneisenaustraße, hier in Kreuzberg und es waren nur etwa zehn Minuten zu laufen. Auf halbem Weg, fing es an zu regnen und Li-Mai hatte keinen Schirm bei sich. Schnell stellte sie sich unter die Markise eines Currywurststandes, um nicht nass zu werden. Es goss wie aus Eimern und in diesem Moment wusste sie, dass es keine gute Idee gewesen war, die Kleidung von Herrn Akuma in eine Papiertüte zu stecken. So würde sie warten müssen, bis der Regen nachließ.

»Für dich Schönheit! Eine Hand die in einem schmutzigen Ärmel steckte, reichte ihr einen, etwas altmodischen Regenschirm. Damit dein Paket und vor allem deine wunderschönen Haare nicht nass werden!« Li-Mai wandte sich der Person zu, die ihr den Schirm gereicht hatte. Es war Roman Käpp, der Obdachlose. Er hatte einen sanften Blick und nickte als Geste, sie solle doch den Schirm annehmen. »Jetzt kann ich dir endlich wieder etwas deiner Barmherzigkeit zurückgeben. Du warst immer gut zu mir und hattest auch neben dem guten Essen, immer ein paar aufmunternden Worte für mich. Nimm den Schirm Schönheit, wenn du ihn nicht mehr brauchst, nehm ich ihn auch gerne wieder zurück. Ich sitze doch etwas öfter im Regen als andere Menschen.« Li-Mai griff nach dem Schirm.

»Ich verspreche es, dass sie ihn bald wiederbekommen. Vielen Dank Rotkäppchen! Wenn ich etwas für Sie tun kann, dann sage es mir, ich...«

»Du hast so viel für mich getan, mehr als all jene, die täglich an mir vorbeigehen und mir nie in die Augen sehen, wenn sie zehn Cent in meinen Hut werfen. Ich war stets ein Mensch für dich, auch wenn ich schmutzig war und streng gerochen habe. Du hast dich neben mich hingekniet, mir Essen gegeben und meine Seele mit Glück gefüllt. Wobei ich anmerken muss, dass mich deine Worte satter gemacht haben, als das Essen. Nun geh, du hast etwas zu erledigen. Herr Akuma steht gerade hinter dem Laden und macht Zigarettenpause. Wenn du dich beeilst, triffst du ihn noch!«

»Woher wissen Sie das?« Er lächelte nur. Li spannte den Schirm auf und drückte die Papiertüte an ihr Herz und rannte los. Herr Akuma war kein starker Raucher, aber er ließ es sich nicht nehmen, wenigstens zwei bis drei Raucherpausen einzulegen. Dazu verließ er den Hinterausgang des Lokals und stellte sich, im Falle es würde regnen, immer unter das Dach des Fahrradunterstandes der Mietleute. Es war für ihn ein heiliger Moment und keiner wagte es, ihn bei einem wichtigen Anruf, dort hinten zu stören. Li bog in den Torbogen ein, der in den Hinterhof führte. Dabei übersah sie Herrn Akuma, der soeben aus der Dunkelheit ins Licht der Hoflaterne trat. Die beiden stießen unweigerlich zusammen und Li's Papiertüte fiel in eine Pfütze. Sofort sog sie sich mit Wasser voll und obwohl sie gleich danach griff, waren die Sachen schon nass und schmutzig. Sie kniete sich auf das nasse Pflaster, der Schirm von Rotkäppchen fiel zur Seite und sie wurde in wenigen Sekunden vollkommen durchnässt.

»Herr Akuma, verehrter Herr Akuma, ich wollte meine Arbeitskleidung zurückbringen, ich hatte sie gewaschen und gebügelt. Es tut mir leid, ich werde sie wieder mitnehmen und reinigen lassen. Ich bringe alles ordentlich am Mittwoch zurück. Es war sehr ungeschickt von mir, ich wollte sie doch nicht enttäuschen!« Plötzlich brachte Li-Mai kein Wort mehr heraus und fing fürchterlich an zu schluchzen. Herr Akuma sagte nichts, er kniete sich neben sie und hob die durchweichte Tüte auf, dann griff er Li sanft am Arm und zog sie hoch.

»Das ist nur Stoff, der hat keine Seele. Wegen dieser Sachen lohnt es sich nicht zu weinen. Lass uns hineingehen, du bist ja vollkommen durchnässt, du wirst dir sonst den Tod holen.« Er hakte sich bei ihr ein und brachte sie über den Hintereingang in sein Büro. Dann rief er nach seiner Frau, die sofort davoneilte und mit einem Handtuch und einer Tasse Tee zurückkam. Sie rubbelte Li´s Haare und streichelte über ihre Wange.

»Es ist gut, dass du gekommen bist, mein Mann wollte dich Morgen sowieso anrufen und dich bitten, uns zu besuchen.« Li weinte wieder und verbarg ihr Gesicht hinter ihren Händen.

»Ich weiß, dass ihr die Sachen braucht. Es tut mir leid, dass ihr mir hinterher telefonieren müsst, nur weil ich so nachlässig bin!« Herr Akuma ging einen Schritt auf Li zu, verbeugte sich tief.   »Li-Mai, wir müssen uns bei dir entschuldigen, unser Neffe ist ein fauler, gefühlloser Taugenichts. Jeder Schritt ist ihm zu viel. Schon am ersten Abend, hat er sich beklagt und zu allem Übel, hat er den anderen die Schuld für seine eigene Unfähigkeit gegeben. Ich habe ihn zur Rede gestellt und er hat mich beleidigt. Mich, seinen Onkel. Nein Li-Mai, so dick kann Blut nicht sein. Ich habe dir Unrecht getan! Du warst ein Teil meiner Familie und ich habe dich verstoßen. Es war nicht recht von mir und ich bitte dich um Vergebung. Meine Frau hatte mich vor unseren Neffen gewarnt, aber ich wollte nicht auf sie hören. Ich bin ein dummer, starrköpfiger Mann. Bitte komm zu uns zurück, aber nicht als Angestellte, sondern als unsere Tochter.« Li konnte nicht fassen, was sie da hörte, es schien ihr so unwirklich. Erst als Herr Akuma ihre Hände nahm und sie von ihrem Gesicht schob, las sie die Wahrheit in seinen feuchten Augen.

Es gibt nur einen einzigen Weg, der vom Hauptort Premuda, bis an die Südspitze führt. Er hat schon seit Jahren an Bedeutung verloren als die Inselbewohner hier weitab von ihrer Siedlung noch ihren Müll verbrannten. Zum gegenwärtigen Zeitpunkt wird der Unrat von den Fähren mitgenommen und auf dem Festland entsorgt, oder auf Müllschiffen verbrannt. Hier war alles mit Maggiabüschen überwachsen und vom einstigen Weg, war nunmehr nur noch ein schmaler, schulterbreiter Trampelpfad übrig.

Seit der Alte verschwunden war, brach Ivo schon früh am Morgen auf, die fast acht Kilometer entfernten Klippen der Südspitze zu erreichen. Selbstverständlich hatte er den Wunsch des Alten befolgt, der ihm, Wochen vor seinem Verschwinden, fast täglich eingetrichtert hatte, diesen Brief an sich zu nehmen.

»Ivo«, hatte er gesagt, »Ivo, wenn du mein Segel am Horizont siehst, dann bring den Brief zum Postamt. Die sollen ihn an die Adresse faxen die auf dem Umschlag steht. Hast du das auch verstanden?« Ivo antwortete stets mit einem leicht in die Länge gezogenen

»Jaaa.«

Isaak hatte ihm erklärt, dass das eine wichtige Aufgabe sei und er versprechen musste, sie ordentlich auszuführen. Es erfüllte Ivo immer mit Stolz, wenn der Alte ihn um etwas bat und so nahm er den Brief an sich und tat, worum ihn Isaak gebeten hatte. Der Mann im Minimarkt, der gleichzeitig auch die Funktion eines Postamtes hatte, legte das Anschreiben ins Faxgerät, tippte die Nummer des Notariats Lewinsky in Berlin ein und drückte auf Start. Der Apparat schluckte, unter den großen Augen von Ivo, das Blatt Papier.

»Ist das jetzt schon in Berlin?«

»Natürlich mein Junge, schon angekommen! Sag mal, was hast du denn mit dem alten Juden zu tun. Den habe ich schon ein paar Wochen nicht mehr gesehen. Was treibt der da oben eigentlich?«

»Ist rausgefahren, hat nix gesagt. Was hat er denn geschrieben?«

»Lausejunge! Hast wohl keine Ahnung, was ein Briefgeheimnis ist, oder? Darf ich nicht lesen und kein anderer, so ist das. Außerdem ist das in Deutsch geschrieben, das kann ich eh nicht lesen. Also verschwinde jetzt, ich habe zu tun.« Ivo trollte sich. Ein Geheimnis also, das war aufregend. Eventuell, hatte ihn der Alte nicht die ganze Wahrheit gesagt. Am Tage bevor er verschwand, war er schon komisch. Seine Hände zitterten und er starrte immer wieder hinaus aufs Meer. Er sagte, er müsse ein paar Tage weg und Ivo solle sich keine Sorgen machen. Er versprach, ihm eine Überraschung mitbringen, wenn er wiederkommen würde. Es war merkwürdig, aber Ivo vermochte zu spüren, wenn Menschen nicht die Wahrheit sagten. Sie rochen anders und ihre Augen waren anders und ebenso ihr Atem. Die Tante, bei der er seit dem Tod seiner Eltern lebte, sagte fast nie die Wahrheit. Sie erzählte etwas von einer Schule, die Ivo bald besuchen dürfte und dass er dort viele Dinge lernen könnte. Eines Tages, würde er ein schlauer und wohlhabender Mann sein und alle auf der Insel würden neidisch auf ihn sein. Ivo hatte die Insel noch nie verlassen und die Welt auf der anderen Seite des Wassers kannte er nur vom Fernsehen. Einmal fragte er seine Tante, warum sie nicht auf dem Festland lebten. Sie sah ihn lange und mitleidig an.

»Weil du hier besser aufgehoben bist. Dort drüben, läuft die Zeit schneller als hier, das würdest du nicht ertragen. Warte, eines Tages wirst du selbst entscheiden was du tust.« Er spürte, dass sie wieder log. Es machte ihn traurig und unzufrieden. Dann kam Isaak auf die Insel. Ivo versteckte sich vor ihm, da er ihm unheimlich war. Es wurde zu einer seiner Hauptbeschäftigung, Isaak nachzuspionieren. Ständig schrieb dieser etwas in seine Mappe und wenn Ivo durch das Fenster des Hauses spähte, konnte er sehen, wie der Alte riesige Tafeln mit Kreide bemalte. Es waren merkwürdige Zeichen und Buchstaben, Striche und Kreise, Punkte und Zacken. Ivo liebte es, zu malen, aber er hatte nur einen kleinen Block, ein paar Stifte und einen Farbkasten. Aber so eine große Tafel hatte er noch nie gesehen. Er wartete, bis der Alte das Haus verließ, dann schlich er sich zur Tür und trat ein. Das Zimmer bestand nur aus einem Bett, einen kleinen Ofen und einem Stuhl. Der Rest des Raumes, war übersät mit Blättern, Zetteln und mit diesen Schiefertafeln. Zaghaft ergriff Ivo eine der Kreiden. Es fühlte sich gut an in der Hand. Mit einem großen Schwung zeichnete er seinen obligatorischen Kreis, in dessen Mitte er einen kleinen Punk setzte. Er trat zwei Schritte zurück und betrachtete sein Werk, dabei war er so entrückt, dass er den Alten nicht bemerkte, der im Türrahmen stand.

»Was ist das, was du da malst und warum malst du es?« Ivo zuckte zusammen und suchte vergeblich nach einem Fluchtweg aus der Hütte, doch der einzige Weg nach draußen, war durch Isaaks massiven Körper versperrt. »Du brauchst keine Angst zu haben, ich habe nicht vor dir etwas zu tun. Ich bin Wissenschaftler, ich interessiere mich für Dinge, die die Menschen aus bestimmten Gründen tun. Bitte erklär mir, was der Kreis und der Punkt zu bedeuten haben, ich mach uns derweil eine Tasse Tee.« Er trat zur Seite und machte den Weg zur Flucht frei. Dann schlurfte er in eine Ecke, wo ein kleiner Tisch mit einem Gaskocher stand und stellte ein Töpfchen mit Wasser darauf und entzündete mit einem Streichholz das Gas. »Es wird einen Moment dauern. Verrätst du mir derweil, wie du heißt? Ich bin Isaak, Isaak Goldstein. Isaak genügt.« Ivo war dabei, abzuwägen wie schnell er den Türstock erreichen könnte, ohne dass der Alte ihn ergreifen würde. Doch dessen ruhige Art und das Interesse an seinem Bild, machten ihn neugierig und zutraulich.

»Ich, ich bin Ivo Milnaric, ich wohne bei meiner Tante unten am Hafen. Meine Eltern sind tot. Das Boot hatte Motorschaden und dann kam der Sturm. Ich werde in eine Schule gehen und ein reicher Mann sein, sagt meine Tante, aber hier ist keine Schule nur da drüben, wo die Zeit schneller läuft. Wie komm ich dahin? Dann zeigte Ivo auf das Bild. »Das, das ist Premuda und der Punkt ist Ivo. Siehst du irgendwo eine Schule oder einen Lehrer? Da ist nur ein Punkt sonst nichts!«

»Aber, da sind doch viele Menschen auf Premuda, warum sehe ich die nicht auf deinen Bild?« Ivo legte seine rechte Hand auf sein Herz.

»Die sind aber nicht hier drin. Keiner von ihnen. Weißt du, ich kann das spüren. Ivo ist alleine. Ivo will in die Schule, lernen wie Dinge gehen, ein Handy haben wie die anderen Kinder. Die können damit nach drüben sehen, über die Berge. Dort leben viele schlaue Menschen. Es sind Lehrer und Schulen dort. Da will Ivo hin. Aber die Tante sagt, das ist nichts für mich, weil ich anders bin als die

144

Menschen, die außerhalb des Kreises leben.« Isaak war verblüfft über die Offenheit des Jungen aber gleichzeitig erschüttert darüber, dass er wie ein Gefangener auf dieser Insel lebte. Schließlich war es das 21. Jahrhundert und auf dem Festlande gab es Einrichtungen und Schulen, die ebenso Kindern mit Behinderungen eine Chance im Leben einräumten, falls dieser Junge überhaupt behindert war.

»Wo bin ich auf deinem Bild?«

»Noch nicht da, aber es könnte sein, dass es dazu kommt. Frido war mal da, aber er ist gestorben und dann ist er wieder verschwunden.«

»Wer war Frido?«

»Frido war eine Katze, sie war da drinn.« Er deutete auf sein Herz. »Er war immer bei mir, auch wenn ich über die ganze Insel gelaufen bin. Er hat sich immer auf meine Beine gesetzt und geschlafen. Ich habe gespürt, dass es ihm gut ging und mir auch. Darum war er da drinn.«

»Der Tee ist fertig, komm, wir gehen nach draußen, dann können wir auf das Meer sehen, wenn wir uns unterhalten.« Isaak hatte sich aus Schilf, das hier wie Unkraut wuchs, einen Sonnenschutz gebaut mit einem Stuhl und kleinen Tischchen. Er stellte den Tee auf den Tisch und ging zurück, um einen anderen Stuhl für Ivo zu holen. »Tut mir leid, ich bin nicht auf Besuch eingestellt, aber für meinen ersten Gast, werde ich das natürlich ändern.« So setzte er sich zu den Jungen und reichte ihn eine Tasse Tee. »Vorsicht, er ist noch heiß! Weißt du mein Junge, ich hätte da eine Idee, vielleicht ist es verrückt, aber ich würde es versuchen. Ich bin ein Wissenschaftler und war an ganz vielen Schulen, habe studiert und auch gelehrt. Wenn man es ganz genau nimmt, bin ich so etwas wie ein Lehrer.« Ivos Augen wurden groß und er sah den Alten ins Gesicht und gleichfalls in dessen Seele und er wusste, dass er die

Wahrheit sagte. »Ich weiß, dass hier auf Premuda keine Schule ist und auch nicht kommen wird. Warum sollte sich ein Lehrer hier niederlassen, wenn nur über die Sommermonate hier Kinder leben und im Winter fast nur Rentner hier sind. Also wie wäre es, wenn ich dein Lehrer werde? Ich bringe dir alle wichtigen Dinge bei und du erzählst mir von dir und vom Kreis. Ich muss auch noch viel lernen und du kannst mir viel beibringen.«

»Ist Ivo dann auch einmal ein Lehrer?«

»Ich verrate dir ein Geheimnis, in jedem Menschen liegt die Möglichkeit, alles aus sich zu machen was er will. Und wenn du ein Lehrer werden willst, kannst du das auch erreichen!« Der Alte log nicht. Ivo kam jeden Tag hoch zur Hütte. Isaak erzählte ihm von Stauseen, Windkraftanlagen, Gedichten von Goethe, Autobahnen, Gleichungen, Hubschraubern und Sanduhren. Er lernte schnell und er wäre bis tief in die Nacht geblieben, hätte ihn Isaak nicht immer wieder nach Hause geschickt. Im Gegenzug, fragte er Ivo Dinge, die in keinen Büchern standen. Ivo hatte eine Gabe, die ihn für andere Menschen unheimlich erscheinen ließ. Er hatte das dritte Auge. Ihm war aber diese Gabe nicht bewusst und so erfuhren manchmal Menschen in dessen Umgebung Wahrheiten aus seinem Mund, die besser ungesagt geblieben wären. Die Menschen haben die Eigenart, nur das Schöne wissen zu wollen, dass ihnen eventuell begegnen wird. Ivo kannte den Unterschied nicht und so erfuhren Manche schlimme und furchtbaren Dinge. So kam es, dass die Inselbewohner nicht mehr mit ihm redeten und ihn mieden. Obwohl Ivo mit vielen Menschen hier lebte, war er ein Gestrandeter, auf einer einsamen Insel. Isaak erzählte ihm Dinge aus der Anatomie und von den Organen die uns am Leben halten. Wie das Herz schlägt, unsere Lunge den Sauerstoff aus der Luft filtert. Von den

Muskeln und dem Kehlkopf und der Zunge die unsere Worte formt. Ivo war immer wie gebannt und lauschte Isaak. Doch eines Tages stutzte er und stellte ihm eine Frage.

»Sind das alle Organe, die wir in uns haben?«

»Äh, ja natürlich, mehr haben wir nicht.«

»Wo ist der Kreis? Du hast den Kreis vergessen. In meinen Träumen, kann ich ihn immer ganz genau vor mir sehen. Dort bin ich und manchmal sehe ich auch, was mit anderen Menschen ist oder geschieht. Der Kreis ist wie die Bilder oder Filme auf den Handys der anderen Kinder.«

»Ach so.« Isaak verstand. »Der Kreis ist die Seele! Du nennst ihn Kreis, aber die anderen Menschen nennen ihn Seele. Das ist kein Organ, das sind wir selbst. Ivo, die Menschen vermuten, dass wir eine Seele oder einen Kreis haben, aber sie können es nicht beweisen. Nicht einmal die besten Lehrer oder Wissenschaftler. Du bist eine der wenigen Ausnahmen, du kannst den Kreis sehen und du darfst in die Kreise der anderen blicken, das ist ein großes Geschenk. Hüte diese Gabe!«

»Aber Isaak, wenn sie es nicht beweisen können, warum glauben sie daran?«

»Weil der Mensch das einzige Wesen ist, dem allein der Glaube genügt. Viele brauchen dafür einen Gott, oder eine größere Kraft, weil sie es selbst nicht erklären können und so hilft es ihnen, wenn es ihnen ihr Gott erklärt.«

»Meine Tante hat auch ihren Gott und sie sagt er wohnt in der kleinen Kirche am Hafen. Ich war oft dort, doch da ist er nicht, ich hätte ihn gespürt.«

»Ich weiß Ivo, ich habe ihn in den Kirchen auch nicht gespürt, darum habe ich sie auch verlassen. Seitdem bin ich auf der Suche. Mein Kreis ist noch nicht geschlossen und das hat mich immer sehr wütend gemacht und ich denke, Gott trägt die Schuld am Elend auf dieser Welt.«

147

»Das tut er nicht! Wenn Gott das ist, was ihr Seele und ich Kreis nenne, tut er das sicher nicht. Du sagst ich kann Sachen sehen, die andere Menschen nicht sehen. Du hast recht, aber da ist noch viel, viel mehr.« Isaak fragte an diesem Tag nicht danach, was jenes `viel mehr´ zu bedeuten hatte. Er wusste, dass es nicht sein Recht war, die Grenze zu überschreiten. Ivo und er saßen Wochen und Monate beisammen. Es machte Isaak zum ersten Mal in seinen Leben glücklich, sich mit einem anderen Menschen austauschen zu dürfen. Der Winter wurde kalt und stürmisch. Der Wind peitschte kalten Regen gegen die Mauern von Isaaks Haus. Das Feuerholz war rar und so trieb es Isaak jeden Tag hinaus in die Klippen auf der Suche nach Treibholz, das die schwarzen Wellen in die Felsen warfen. Es war nass und schwer und er verbrachte an manchen Tagen mehrere Stunden in den dort draussen. Schließlich wurde er krank. Ivo kam jeden Tag und hielt das Feuer im kleinen Ofen am Brennen. Isaak war zu schwach, um reden zu können und so redete Ivo. Er überschritt die rote Linie fast nie, doch manchmal ließ er Isaak in eine Welt sehen, die es unmöglich geben konnte.

Er wurde wieder gesund und es kam das Frühjahr. Aber irgendetwas war anders, alles schien ihm anstrengender und oft fehlte ihm der Atem, wenn er hinunter zur Küste lief. Er spürte, dass es von Tag zu Tag schlimmer wurde und manchen Abend dachte er, ein dickes Tau wäre um seine Brust geschlungen. Ivo blieb es nicht verborgen, dass es dem Alten schlecht ging, darum verschonte er ihn mit endloser Fragerei und leistete ihn nur Gesellschaft. Das Feuer brannte nicht mehr im Ofen und nicht mehr in Isaaks Herzen. Ivo saß auf dem wackligen Stuhl neben dem Bett und wartete darauf, dass Isaak einschlief. Der Alte atmete schwer und man meinte, ein Pfeifen zu hören, wenn die Luft aus den Lungen entwich. Ivo hörte den Atemgeräuschen zu. Er durchforstete sein Gehirn sondierte Symptomatik, Verlauf und Vorgeschichte. Dann, als der Alte zu schlafen schien, legte er seine Hand auf dessen Brust.

Benaja freute sich über die Einladung von Jadranka. Es ist der richtige Zeitpunkt, um ein wenig abzuschalten. Diese Tage hier auf der Insel, würden ihn gewiss guttun. Es war merkwürdig, obwohl seine Kindheit, alles andere als schön gewesen war und es mehr als ein Zufall war, dass er Buchenwald überlebt hatte, kam doch noch das Glück in sein Leben. Oft empfand er es als ungerecht, dass bei vielen Menschen, egal welchen Weg sie auch wählen, sie immer im Elend landen. Ihm geschah es genau umgekehrt. Er fand schnell Arbeit, lernte einflussreiche Menschen kennen, kam zu Vermögen und Wohlstand. Nicht etwa, dass er je seine Position ausgenutzt oder sich an anderen bereichert hätte. Nein, das Leben meinte es stets gut mit ihm. Anstatt nach den Gründen zu suchen, besann er sich immer auf das, was sein Herz zu ihm sagte. Er war nie ein Freund von Aphorismen, vor allem nicht dann, wenn man sich damit überhäuft und sie dadurch ihre Wertigkeit verlieren. So steht seit Jahren, in einen kleinen Bilderrahmen, ein Spruch auf seinem Schreibtisch. Er hat ihn eines Tages von Alma bekommen. Sie fand, dass er wunderbar zu ihm passen würde. Auf beiges Büttenpapier, stand in feiner Handschrift.

»Glück ist das einzige, das sich verdoppelt, wenn man es teilt!«

Es wurde zu seinem Lebensmotto und das war es noch heute.

Ein langgezogener Ton aus dem Schiffshorn signalisierte den Leuten am Steg, dass die Fahrt weiterging. Sie begaben sich zurück auf ihren Platz am Oberdeck und Benaja war schweigsam. Jadranka durchbrach diese Stille nicht und blickte nach Süden. Sie war zu Hause und sie fühlte sich glücklich und zufrieden. Erst als die Fähre Ilovik hinter sich gelassen hatte und man konnte in der Ferne den langgezogenen, steinernen Rücken von Premuda erahnen, atmete Benaja schwer ein und aus.

»Ich spüre, was sie gerade empfinden Jadranka. Es ist schön, eine Heimat zu haben. Ein Ort, wo man hingehört. Ich denke Isaak war sein ganzes Leben auf der Suche nach diesem Ort. Möglicherweise, hat er ihn auf Premuda gefunden.«

»Ich weiß, es ist ziemlich indiskret, aber was glauben sie, wollte ihr Freund von ihnen?

»Kennen sie Ivo?« Jadranka überlegte nicht lange.

»Ja, er ist ein seltsamer Junge. Er war fünf, als seine Eltern bei einem Bootsunglück ums Leben kamen. Seine Tante hat ihn aufgenommen, oder sagen wir es mal so, sie gibt ihm Essen, Kleidung und ein Dach über den Kopf. Seine Eltern waren einfache Fischer aber selbst diese wussten, dass der Junge anders war. Aber verstehen sie mich nicht falsch, sie haben ihn nie schlecht behandelt. Hier auf den Inseln sind die Leute immer noch sehr abergläubisch. Er hat oft Dinge gesagt, die die Menschen nicht hören wollten. Kompliziert wurde es aber erst, als diese Hirngespinste eines kleinen Jungen, später zutrafen. Auch seine Tante, eine sehr gläubige Frau wurde deswegen von den Menschen gemieden. So leben sie einsam und ohne viel Kontakt zu anderen. Ivo schien das nicht groß zu stören, er wanderte stundenlang über die Insel und blieb die meiste Zeit für sich. Wir sprechen selten über ihn. Die Leute sind so zufriedener und alles hat seine Ordnung.«

»Mein Freund Isaak, hatte engen Kontakt zu dem Jungen. Er scheint eine besondere Verbindung zu ihm gehabt zu haben. Er hat erwähnt, dass ich nach ihm suchen sollte.«

»Er wird sie finden, für uns ist er unsichtbar. Er ist ein Schatten dieser Insel. Ich denke auch, er wird wissen, dass sie kommen. Außerdem ist er extrem neugierig, wenn Fremde auf die Insel kommen. Es ist wie bei den Delfinen, sie entscheiden, ob sie zu unserem Boot kommen. Seien sie geduldig, mehr nicht.«

»Ich werde sehr behutsam sein, ich verspreche es.«

Das Vorsegel bestand nur noch aus Fetzen, doch das Großsegel hatte den Sturm, bis auf ein paar kleinere Löcher, fast unbeschadet überstanden. Isaak starrte auf das rohe Fleisch seiner Handflächen und gleichzeitig spürte er einen Schmerz in der Brust. Ihm war klar, was dieses Stechen bedeutete. Er wusste es seit jenem Tag, als Ivo die Hände auf seine Brust gelegt hatte. Er schlief damals nicht, er wünschte sich, dass der Junge ging, denn die Schmerzen waren furchtbar und er wollte nicht, dass ihn der Junge so sah. Er spürte, wie ihn eine Wärme durchdrang, wie er es noch nie gespürt hatte, dann aber zog Ivo ruckartig seine Hände zurück. Er konnte hören, wie schwer der Junge atmete und dann fiel die Tür ins Schloss. Er hatte es gespürt, genauso, wie es Isaak täglich spürte. Seit dieser Erkältung im Winter war nichts mehr so, wie es war. Scheinbar hatte sich die Grippe auf sein Herz gelegt. Die Intervalle der Schmerzen wurden immer kürzer und ihm war klar, dass es nur eine Frage der Zeit war, bis es zu Ende ging. Isaak war wütend und er verfluchte Gott, der ihm schon wieder sein persönliches Glück entriss. Der Junge sollte ihn nicht sterben sehen, so fasste er seinen Entschluss. Er begann vor seiner Fahrt, sein Lebenswerk zu vernichten. Blatt für Blatt wurde ein Raub der Flammen, auch alle Notizbücher der letzten Jahre verbrannte er zu Asche. Er bereute nichts, als er mit einem großen Hammer eine Tafel nach der anderen zerschlug. Nur eine Einzige blieb unversehrt mitten im

Raum stehen. Es war die, die Ivos Kreis zierte. Dann schrieb er den Brief für Benaja und verbarg ihn in die Teekanne. In einen anderen Umschlag steckte er seinen Wunsch, den er Ivo nicht mehr erfüllen konnte. Diesen Brief gab er den Jungen und wies ihn an, ihn ins Postamt zu bringen, für den Fall, Ivo würde sein Schiff auf dem Meer sehen. Dann nahm er Ivo in den Arm und drückte ihn fest und lange.

»Hör mir genau zu Ivo, bald kommt ein Mann auf die Insel. Er ist auch ein Lehrer wie ich, vertraue ihm! Er ist mein Freund und ich trage ihn in meinem Kreis. Sollte ich nicht wiederkommen, dann gib ihn die Teekanne, er wird wissen, was zu tun ist.« Ivo hörte genau zu und nickte und fragte nicht, warum Isaak ihm diese Dinge erzählte. So nahm er den Brief an sich und machte sich auf den Weg nach Hause.

Als Isaak nach der Leine für das Großsegel griff, brannten seine Handflächen wie Feuer. Mühsam zog er sie straff und das Segel hörte auf zu schlagen. Der Wind blähte das Laken und das Schiff nahm Fahrt auf. Dann wickelte er einen Stofflappen um seine rechte Hand, ergriff damit die Pinne und drehte das Boot in den Wind. Der Regen in der Nacht, hatte ihm das Leben gerettet und neue Kraft geschenkt. Als ihm die Sonne aus Osten ins Gesicht schien, lächelte Isaak.

»Mein Leben lag stets in meiner Hand. Ich werde diesmal das Glück finden. Es war so nahe bei mir und ich laufe davon. Ich war mein ganzes Leben ein Tölpel, diesmal werde ich keinen Fehler machen. Andriy hatte recht! Ich hätte alles im Leben haben können, doch ich war vom Ehrgeiz zerfressen. Nun glaube ich daran, dass etwas ganz Großes über uns Menschen wacht. Und ich glaube an Isaak Goldstein, der dieses Boot zurück nach Premuda steuern wird. Ich bin Isaak Goldstein und werde Ivo wiedersehen und wenn ich nach Premuda schwimmen müsste.« Als er nach Nordosten blickte, konnte er in der Ferne wieder die Tümmler sehen. Es war nicht mehr weit.

Ivo saß schon seit dem frühen Morgen auf dem Felsen. Die Sonne brannte erbarmungslos auf seinen Kopf. Im Schatten wäre es sicher angenehmer gewesen aber von hier aus konnte er besser sehen. Er hatte immer gewusst, dass der Alte zurückkommen würde, von der ersten Minute an. Es gab da ein dickes Band zwischen ihnen und nichts in der Welt war imstande, es zu zerreißen. Ivo begann ein Steinmännchen zu bauen und sammelte flache Steine. Er liebte es, ganz verrückte Konstellationen zu konstruieren und so legte er Schicht über Schicht, stellte die Steine bewusst nicht auf die breite, sondern auf die kantige, schmale Seite. Oft stürzten sie kurz vor der Spitze ein, aber dieses Mal wurde es ein wahres Meisterwerk. Stolz besah er sein Werk und sein Auge schweifte über den Strand der Bucht. Irgendwann hatte er aufgehört zu zählen, wie viele es schon waren. Ganz weit draußen, schienen Tümmler zu springen und Ivo freute sich. Manchmal, wenn die Saison vorüber war und das Meer einzig den Fischern gehörte, kamen sie bis tief in die Bucht. Er hatte sie stundenlang beobachtet und wusste Dinge über sie, die kein Meeresbiologe je erfahren würde. Doch diesmal, wanderte sein Blick wieder hinaus in die Ferne, denn den Delfinen schien in größerem Abstand, ein Boot zu folgen. Noch war es ein kleiner Fleck im weiten Meer, doch je näher es kam, desto aufgeregter wurde der Junge. Er lief hinunter zum

Strand und stand schon bis zu den Knien im Wasser, als er das rote Segel erkannte. Isaak kam heim.

Das Segel sah furchtbar aus und Ivo wusste sofort, dass Isaak in einen Sturm gekommen sein musste. Der Wind schlief ein und das Boot glitt wie in Zeitlupe in die Bucht. Er konnte Isaak nicht sehen und einen Moment lang vermutete er schon, der Alte wäre doch über Bord gegangen. Das Boot kratzte mit dem Kiel über Kies auf dem Grund und blieb nur wenige Meter neben Ivo stehen. Ivo warf sich ins Wasser und schwamm nach Achtern und zog sich an der kleinen Metallleiter aus dem kühlen Nass. Isaak saß zusammengekauert am Ruder und rührte sich nicht. Der Junge packte ihn an den Schultern und schüttelte ihn so lange, bis er langsam die Augen öffnete. Er sah fürchterlich müde aus, aber Ivo wusste, dass er unter seinem Bart lächelte.

Sophia Avesani hatte ein buntes Sommerkleid an, als sie über den Markusplatz schritt. Jeder der sie kannte, drehte sich nach ihr um und die Leute tuschelten, denn alle kannten Signora Sophia nur in einem schlichten, schwarzen Kleid, welches sie, seit dem Tod ihres Mannes Mario trug. Heute Morgen, als sie vor ihrem Kleiderschrank stand, gedachte sie schon fast wie immer nach einen der vielen schwarzen Kleider zu greifen. Sie drehte sich um und betrachtete sich im Spiegel. Tiefe Furchen im Gesicht, Ringe um ihren Augen und schlaffe Brüste die sich kaum unter ihrem Nachthemd abzeichneten. `große Baustelle´, dachte sie kurz. Aber wenn man nicht anfängt, einen Schal zu stricken, wird man bis zum Winter nie fertig. Sie schob alle schwarzen Kleider zur Seite und ganz hinten fand sie ein paar Teile, die sie getragen hatte, als sie noch eine lebensfrohe Frau gewesen war. So griff sie nach einem bunten Sommerkleid, knielang und mit Rüschen am Kragen. Ein Kleid macht aber lange keine schöne Frau! Sie holte sich eine wertvolle Perlenkette aus ihren Schmuckkästchen und legte sie um. Das bist du Sophia! Sie wusste, dass in der Nähe des Markusplatzes ein angesagter Friseurladen aufgemacht hatte.

Franco Hair and Style nannte der sich. Nägel, Haare, Make-up!

Sophia zog leichte Schuhe an, hängte sich eine Weste über den Arm und verließ den Flur, hinaus ins Leben.

Benaja hatte sich nach Anlegen der Fähre, von Jadranka getrennt. Er hatte die Absicht, alleine Isaaks Haus zu besuchen, um zu sehen, was für eine Nachricht dort auf ihn warten würde. Jadranka hatte ihm kurz den Weg erklärt und bei welcher Abzweigung, er sich links zu halten hatte. So ging er los. Vom Hafen führte nur ein einziger Weg hoch zur Siedlung, aber soweit musste er ja nicht gehen. Es war anstrengend, in dieser Hitze, den Berg hochzusteigen. Es roch nach Rosmarin und unzählige Eidechsen huschten vor seinen Schritten in die dornigen Büsche. Auf halben Weg drehte er sich kurz um und sah nach Süden. Das Meer schimmerte wie Millionen Diamanten im Sonnenlicht. Da es hier keinen Verkehr gab, hörte man nichts außer dem Schnarren der Zikaden. Über den mannshohen Steinmauern hingen Zweige von Granatäpfeln und dahinter standen skurrile, knorrige Olivenbäume. Der Weg wurde schmaler und war manchmal als solcher fast nicht mehr zu erkennen. Es war malerisch schön hier und Benaja beneidete die Menschen, die hier fernab aller Hektik und Lärm leben durften. Vielleicht war Isaak Goldstein der Städte überdrüssig geworden und wollte nur seine Ruhe, die er nun ja gefunden hatte. Durch das Gestrüpp erkannte Benaja eine steinerne Hütte. Sie war höchstens zwanzig Quadratmeter groß und mit halbrunden Hohlziegeln gedeckt, wie es hier meist üblich war. Die Fenster waren eher klein und hielten so die Sommerhitze draußen. Seitlich, Richtung Meer, hatte jemand ein Sonnendach aus getrockneten Schilfstangen gebaut und ein einzelner Stuhl mit einem kleinen Tisch stand darunter. Es sah gemütlich aus. Als sich Benaja der Hütte näherte, fand er verkohlte Blätter, die rund ums Haus verteilt waren. Vermutlich hatte der Wind sie hierhergetragen. Die hölzerne Eingangstür war silbergrau, verwittert und stand einen Spalt offen. Gerade als er Isaak rief, wurde ihm bewusst, wie unsinnig diese Geste doch war. Vorsichtig schob er die Türe nach innen auf und so fiel etwas mehr Licht in das Zimmer. Der Boden war mit unzähligen, mit Kreide beschriebenen Schieferscherben bedeckt. Als hätte ein wütendes Kind, ein Puzzle mit zehntausend Teilen, gegen die Wand des Kinderzimmers geschleudert. Mitten in diesem Chaos, stand eine einzige Schiefertafel. Ein großer Kreis war darauf gezeichnet und unten rechts im Kreis waren zwei Punkte zu erkennen. Wie ein Smiley, dass auf den Kopf steht. Warum hat Isaak alles zerschlagen, nur diese Tafel nicht? Benaja spürte eine zweite Anwesenheit und drehte sich um. Im Türrahmen stand ein Junge mit einer Lagermütze auf den Kopf.

»Bist du ein Lehrer?« Benaja kratzte sich am Kopf.

»Lehrer, nun ja, eher ein Gelehrter.«

»So wie Isaak?«

»Ja, wie Isaak.«

»Er hat mir von dir erzählt, er sagte du wärst sein bester Freund und auch sein großer Bruder.«

»So, hat er das gesagt, das freut mich aber. Du musst Ivo sein?« Ivo trat zwei Schritte ins Haus.

»Ich bin Ivo und ich werde ein schlauer Mann. Isaak hat mir schon viele Dinge beigebracht, aber nun ist er gestorben. Er kann mir nichts mehr beibringen. Er hat gesagt, wenn er nicht mehr wiederkommt oder stirbt, soll ich auf Benaja warten und dann wird Benaja mein Lehrer sein. Heute ist Isaak zurückgekommen und dann ist er gestorben. Er hat mir die Mütze mitgebracht.« Benaja wollte nicht glauben, was der Junge sagte, Isaak war noch gar nicht tot, als das Fax in Berlin ankam. Er verstand die Welt nicht mehr.

»Er ist erst heute gestorben? Bist du sicher, dass er tot ist. Womöglich ist er nur bewusstlos und er braucht unsere Hilfe!«

»Er ist gestorben. Kein Herzschlag, keine Atmung, Pupillen lichtstarr und keinerlei Reaktion auf äußere Reize. Er hat mir viel erzählt. Über den menschlichen Körper, die Organe, das Herz und über die Seele. Den Kreis! Isaak ist nun in meinem Kreis. Ich war bis heute immer nur alleine. Wenn sie Benaja sind, würde ich ihnen gerne ein paar Dinge erzählen.«

»Wo ist er jetzt?«

»Er hat gesagt, dass die Wikinger ihre Toten immer auf ein Boot legten, mit all ihren Waffen und Gütern, dann schob man das Boot wieder hinaus auf das Meer und setzte Segel. Dann wurde es in Brand gesteckt. Er wollte es so und es war gar nicht so einfach, das Boot wieder aus dem Kies zu bekommen. Er ist zurückgekommen, wir sind jetzt ganz eng beieinander. Das was dort draußen brennt ist nur sein Körper und ein altes Boot. Isaak ist hier, spüren sie ihn auch?« Er spürte ihn und was Benaja noch spürte, war Glück. Glück in seiner reinsten Form. Isaak hatte endlich das gefunden, was er immer suchte.

»Er wollte eigentlich schon viel früher sterben aber er sagte mir, dass Andriy bei ihm war. Ich soll sie von Andriy grüßen, es geht ihm gut und er denkt oft an Sie. Isaak ist all die Jahre ohne Kreis durch die Welt gegangen, bis er vergessen hatte, dass es so etwas gibt. Andriy hat ihn wieder dahin gebracht, wo er ihn verloren hatte.« Ivo ging zu dem schlichten Holzregal in der Zimmerecke und holte die Teekanne. Er gab sie Benaja. »Der Brief ist für sie, er hat ihn geschrieben bevor er die Insel verließ. Wollen sie ihn lesen?«

»Nein Ivo, noch nicht. Er hat ihn geschrieben als sein Herz noch kalt und voller Zorn war. Er hat sein ganzes Leben nach etwas gesucht, was er schon immer in sich trug. Er hat es nur nicht zugelassen. Diese letzte Reise, hat ihn endlich dorthin gebracht. Er ist wegen dir zurückgekommen und hat seinen Frieden gefunden. Konnte er dir das noch sagen?«

»Nein, er hat mir die Mütze gegeben und wir haben uns ganz lang umarmt. Dann hat er mir gesagt ich solle das Schiff verbrennen und ist gestorben.«

»Es tut mir leid für dich Ivo.«

»Es braucht ihnen nicht leid zu tun, ich trage ihn immer bei mir. Ich kann nicht so trauern wie sie, weil ich weiß, dass das Leben mit dem Tod nicht zu Ende ist. Ich konnte schon immer Dinge sehen, die andere Menschen nie sehen werden. Es ist nicht immer eine Gabe, da die Menschen Angst vor der Wahrheit haben. Helfen sie mir Benaja, ich möchte einfach nur ein Junge sein wie alle anderen.«

»Das, glaube ich ist nicht unmöglich. Die anderen Kinder haben Träume, Fantasie und Wünsche. Wenn du mit ihnen zusammen wärst, würde sich dein Verstand auf all das konzentrieren, was zwar nicht immer wichtig ist, aber Freude macht. Schwimmen gehen, Eis essen, Fische fangen, flache Steine übers Wasser werfen, über Mädchen reden, Steinmännchen bauen!«

»Das kann ich besonders gut, darf ich ihnen meine zeigen, es sind aber sehr viele!«

161

»Es würde mir große Freude bereiten, wenn du sie mir zeigen würdest.«

»Und wann kann ich in die Schule gehen?«

»Ich denke bald, ich habe da so eine Idee. Komm, zeig mir deine Steinmännchen, der Tag ist noch lang.« Ivo nahm Benaja an die Hand und zog ihn hinaus ins Tageslicht. Es war schön warm und eine angenehme Brise zog von Nordwest über die Insel. Sie stiegen weit hinauf, bis sie am höchsten Punkt standen. »Schau mal, dort hinten ist Ilovik.«

»Was ist Ilovik?«

»Ilovik ist ein Kreis, einer von vielen, dahinter kommt noch einer und noch einer und so geht es immer weiter. Aber auf Ilovik ist eine Schule und ich denke, ich kann dafür sorgen, dass du dort lernen kannst. Wenn du gut bist, gibt es auch andere Schulen, auf dem Festland und auch in Berlin.«

»Berlin? Isaaks Brief wurde nach Berlin geschickt im Postamt! Du glaubst, ich könnte da mal hin, nach Berlin?«

»Ja Ivo, das glaube ich, aber es ist wichtiger, was du glaubst. Wenn du es wirklich willst, wirst du nach Berlin gehen.« Ivo überlegte einen kleinen Augenblick und nahm Benajas Hand.

»Ich möchte zuerst nach Ilovik, aber vorher gehen wir zum Strand, ich zeige dir meine Steinmännchen.«

Gleich am nächsten Morgen, nachdem Nathan wieder im Berlin angekommen war, begab er sich auf den Weg ins Notariat.

Alles schien wie immer, als er die schweren Eichentüren zum Innenhof, zur Seite schob. Der übliche Gesang der Vögel, das Knirschen des Kieses im Hof und der Geruch nach Bohnerwachs im Treppenhaus. Im ersten Stock schloss er die Tür zu den Büroräumen auf. Alma saß gut gelaunt an ihrem Schreibtisch und warf Nathan einen freundlichen Blick zu.

»Hallo Nathan, schon zurück, ich dachte es würde länger dauern. Hast du Sophia Avesani gefunden?«

»Hallo Alma, ja, ich habe sie gefunden und es war einfacher als ich dachte. Gestatten sie mir eine Frage, wie kommen diese Menschen, gerade auf Herrn Lewinsky, wenn sie uns ihre letzten Wünsche schicken? Gut Friedrich war ein Bekannter und Freund, aber es gibt ja noch so viele andere Fälle. Wie steht das in einem Zusammenhang?«

»Ich habe schon auf diese Frage gewartet, weil sie jeder von uns schon einmal gestellt hat. Auch ich habe Benaja danach gefragt.«

»Und, was war seine Antwort?«

»Keine Antwort, ein Lächeln. Ich denke oft darüber nach, komme aber immer wieder zur selben Schlussfolgerung.«

»Die wäre?«

»Natürlich ist das alles auch eine Last und eine große Verantwortung die uns da übertragen wird. Wir haben diese Verpflichtung angenommen, auch sie Nathan! Warum haben sie es getan? Weil sie meine Geschichte gehört haben? Das wäre wohl nicht genug. Sie haben von der ersten Sekunde an gewusst, dass es einfach das Richtige ist, der Bitte dieser Menschen nachzukommen. Ich bin der festen Überzeugung, dass jeder auf diesem Planeten, eine Bestimmung hat, sei sie auch noch so unbedeutend. Doch es scheint uns nur so unbedeutend, da gerade kleine Gesten an Wertschätzung verloren haben. Geh hinaus auf die Straße, nach spätestens zehn Metern, wirst du das erste Mal angerempelt. Nicht aus Bosheit, sondern weil die Menschen nicht mehr nach vorne und zur Seite schauen. Sie drehen sich auch nicht um, um sich zu entschuldigen, weil das Zeit und Worte bräuchte. Uns fehlen Worte, Blicke, Umarmungen, Gesten des Vertrauens. Gib einen Bettler nicht nur ein Geldstück, wünsche ihm Glück und Gesundheit, verschenke ein Lächeln – es kostet nichts! Benaja Lewinsky hatte nach seiner Kindheit nur Glück, aber er hat es nicht für sich behalten, er hat es mit der Welt geteilt. Diese Akten im Erdgeschoss, sind sicherlich nicht die Welt, aber sie sind ein Anfang. Wirf nur einen Stein ins Wasser und du veränderst den Ozean. Nein, ich habe nie eine Antwort auf meine Frage bekommen, aber auf so viele andere Fragen. Darum schenke ich dir nun ein Lächeln, nimm es an und die Welt erklärt sich selbst.« Nathan sah Alma ganz lange an und ihr Lächeln war bescheiden und gewaltig gleichzeitig. Er nahm ihr Lächeln an.

»Ist Herr Lewinsky schon wieder im Büro?«

»Nein, und ich glaube, es wird noch etwas dauern. Er hat es vorgezogen, auf Ilovik, einer kleinen Insel in der

164

Adria, noch eine unbestimmte Zeit zu verbringen. Es ginge um eine Schule und um einen Jungen, Ivo heißt er und er wäre etwas ganz Besonderes. Ich habe hier einige Vollmachten und die Prokura für das Notariat, sie müssten nur noch gegenzeichnen.« Nathan blickte erstaunt auf die Papiere.

»Aber wir kennen uns doch noch nicht lange, woher nimmt er all dieses Vertrauen?«

»Aus seinem Herzen Nathan, aus seinem Herzen.«

Es war schon kurz vor halb acht, als Li-Mai vor dem Spiegel im Bad stand. Sie war im Begriff sich abzuschminken und ins Bett zu gehen, als es an der Türsprechanlage läutete. Andre konnte es nicht sein, der war gestern, mit einigen Kumpels, zu einem Konzert nach Dresden gefahren. Sir John lag gemütlich auf dem Fußabstreifer und fühlte sich vom Dauerläuten nicht gestört. Li schlüpfte in ihre Hausschuhe und ging zur Sprechanlage.

»Ja bitte?« Sie erkannte sofort Nathans Stimme und ihr Herz hüpfte vor Freude.«

»Li-Mai, wie schnell kannst du dich fertigmachen um auszugehen? Wenn du eine Sekunde Zeit hast, dann renne zum Fenster, ich bin unten auf der Straße und warte auf dich.« Li-Mai rannte zum Esszimmerfenster und öffnete es, denn nur von hier aus, war es möglich, auf die Straße zu schauen. Sie sah nach unten und traute ihren Augen nicht. Dort auf dem Gehweg stand Nathan und winkte ihr vom Fahrrad aus zu. Er hatte einen Anhänger am Rad. Darauf mit Expandern befestigt, zwei Klappstühle, ein Tischchen, Decken und im kleinen Korb, vermutlich eine Flasche Wein, Gläser und eine Kerze. Es war genauso wie in ihren Traum.

»In zwei Minuten, was läuft denn?«

»Eat, pray and love mit Julia Roberts!«

Die letzten Wagen fuhren vom Hof. Es war gegen 23.00 Uhr und gerade liefen die verbliebenen Sekunden vom Abspann. Die Tür vom Kassenhäuschen öffnete sich und kurz nach einer weißen Wolke verließ der Kassenmann die Bude. In der rechten Hand wie immer, den Stummel eines Joints und in dem linken Kehrbesen und Schaufel. Zuvor hatte er die drei Flutlichter eingeschaltet um den Unrat und die Popcorntüten besser sehen zu können. Es ärgerte ihn immer fürchterlich, dass es schon fast zur Gewohnheit seiner Gäste geworden war, nach einer Vorstellung ihren Abfall über das Seitenfenster zu entsorgen.

»Teufel aber auch, sieh sich mal einer diese Schweinerei an, dort draußen geht die Welt vor die Hunde und hier, wo doch überall Mülleimer stehen, liegt alles außen herum. So wird das nichts Leute mit dem nächsten Jahrhundert! So ein Stück Plastik verrottet in ner Million Jahre nicht, niemals nicht sage ich euch! Aber ihr lebt ja da nicht mehr, euch kann es ja wurscht sein. Setzt mir bloß keine Kinder in die Welt Leute! Die spucken eines Tages auf eure Gräber, weil ihr Schuld seid, wenn alles bald zum Teufel geht.« Er tat das eigentlich jeden Tag, diese Beschimpfungen an Leute gerichtet, die schon längst in ihren Betten lagen, oder auf einen Absacker, in

Szenelokalen auf dem Ku'damm saßen. Aber es erfüllte ihn mit Genugtun und er fühlte sich danach viel besser. So kehrte er Popcornreste und Zigarettenkippen auf und warf sie in eine der vielen Mülltonnen. Kurz vor der Leinwand blieb er unvermittelt stehen. »Da brat mir doch einer nen Storch, heilige Haxe, das ist ja ein Ding. Da lassen doch welche die ganze Wohnungseinrichtung stehen.« Er stand vor zwei Klappstühlen, einem kleinen Tischchen mit zwei Gläsern und einer Kerze, die noch brannte. Auf dem Tischchen lag eine leere Schmuckschachtel, die mit rotem Samt überzogen war. »Wenn das mal nicht die zwei Süßen waren. Beim letzten Mal als `Pretty woman´ lief, noch ordentlich und nett und nun so was! Aber ich mag sie, sind so lebensfroh, voll mein Ding aber richtig.« Er wollte gerade die Sachen wegräumen, hielt plötzlich inne und griff nach seinem Walkie Talkie. »Hallo Niko, bist du noch im Vorführraum?«

»Klar doch, was gibt es, Probleme?«

»Nee, hat ich noch nie. Wärst du so gut und würdest die Rolle nochmal zehn Minuten zurückdrehen und das Flutlicht ausschalten?«

»Was ist los mit dir, rauch nicht so ein billiges Zeug.«

»Niko, mach mal, ich habe da gerade so einen sentimentalen Flash, tu mir einfach den Gefallen. Brauchst ja nicht dableiben ich mach dann schon dicht.« Niko antwortete nicht und ließ die Spule rückwärtslaufen. Er wusste, dass es eine endlose Sache wäre, mit dem Kassenmann zu diskutieren. Er schaltete das Flutlicht aus, startete den Projektor und ging nach Hause. Die Flasche Rotwein war noch halb voll und der Kassenmann schenkte sich ein Glas ein, setzte sich in einen der Klappstühle und genoss das Lächeln von Julia Roberts.

Lampedusa (Italien) Januar 2011

Ein kalter Wind fuhr über den weichen Sand und formte Wellen und Muster. Die Saison war längst vorüber und bunte Sonnenschirme, lagen zu Hunderten gestapelt, hinter einer vernagelten Strandbar. Es war gegen achtzehn Uhr und die Sonne tauchte blutrot im Westen ins Meer. Einige wenige Möwen zogen hungrig ihre Kreise und ein alter Mann mit Regenjacke, suchte nach einem günstigen Platz zum Angeln. Zwei Plastikliegestühle, teils zerbrochen, standen wie Skulpturen am Strand. Man konnte Fußabdrücke erkennen, die einfach begannen und zu einer der Liegen führten.

»Hallo Andriy.« Isaak klopfte den Sand aus seinen Schuhen.

»Hallo Isaak, ich wusste, dass du kommst. Setz dich zu mir.«

»Ein wunderschöner Abend, bist du oft hier?«

»Nein mein Freund, es ist das erste Mal.«

»Ich habe Ivo die Mütze gegeben, er hat sich unheimlich gefreut. Ich habe ihm gesagt, ich hätte sie von einem großen Lehrer bekommen.«

»Es ehrt mich sehr, wenn du in mir einen Lehrer gesehen hast, nicht einen Ankläger!«

»Ich danke dir Andriy, du hast mir den richtigen Weg gezeigt!«

»Lass es gut sein, es wartet eine große Aufgabe auf uns. Größer als viele Dinge, die in der Vergangenheit geschehen sind.«

»Größer als der Zweite Weltkrieg und alles Furchtbare, was dort geschehen ist?«

»Ja, aber es wird anders sein.«

»Erzähl mir davon Andriy, ich möchte es verstehen.«

»Schau Isaak, siehst du den kleinen Punkt am Horizont? Es ist ein Boot, es kommt aus Libyen. Als sie vor zwei Tagen in Zuwara an der libyschen Küste losfuhren, waren sie siebenundachtzig Menschen. Männer, Frauen und zwölf Kinder. Sie kamen nach etwa zwanzig Seemeilen in einen Sturm. In der ersten Stunde gingen sechzehn Menschen, davon drei Kinder über Bord. Sie hätten noch viel mehr Menschen verloren, aber an Bord war auch ein junger Metallarbeiter aus Eritrea. Er sah, dass der Einzelne nicht genug Kraft und Masse hatte, sich festzuhalten. So kam er mitten im größten Unwetter auf eine simple Idee. Er schrie laut übers Boot, alle sollten sich aneinander festhalten und die, die außen saßen, sollten sich an die Leinen am Boot klammern. Er schrie,

'Ein Sandkorn wird vom Wind verweht, aber ein Stein bleibt fest am Boden! Wenn wir uns alle gegenseitig festhalten, sind wir eins, wir sind dann wie der Stein!' Sie haben alle den Sturm überlebt. Sein Name ist Birhan. Er weiß es noch nicht, aber er wird ein großer Mann.«

»Wie viele werden kommen Andriy?«

»Millionen Isaak, es werden Millionen sein. Es ist das größte Geschenk, welches die westliche Welt je bekommen wird.«

»Ein Geschenk, wie soll ich das verstehen?«

»Ihnen wird die Möglichkeit gegeben, Barmherzigkeit und Nächstenliebe zu schenken. Ein

Kontinent, der im Überfluss lebt, muss lernen zu teilen. Es werden Jahre vergehen und es wird auch viel Leid geschehen, aber eines Tages wird Birhan vor der UN sprechen.«

»Wir sollten ein Auge auf ihn werfen Andriy.«

»Das sollten wir Isaak und das werden wir! Weißt du, was sein Name bedeutet?«

»Nein, bitte sag es mir.«

»LICHT!«

Nachwort

Warum endet diese Geschichte auf Lampedusa?

Meine Geschichte hatte mit Glück zu tun, mit Glück suchen und mit Glück finden. Isaak wollte Glück erklären und fand nichts außer Zahlen und Formeln. Birhan sucht sein Glück und ist bereit dafür einen hohen Preis zu zahlen. Verlust seiner Heimat, Trennung von seiner Familie und nicht zu vergessen, sein Leben. Andere Menschen, sehen ihr Glück darin, viel Geld zu haben, schwere Autos zu fahren oder der Besitz einer Villa am Comer See. Ein Obdachloser in Berlin, empfindet es als Glück, einen trockenen Schlafplatz für die Nacht zu finden, ein Inuit sagt, es wäre Glück, eine große Robbe zu erlegen. Für eine Familie in Aleppo ist es Glück, eine Bombennacht zu überleben.

Für mich, war es Glück einen Herzinfarkt zu überstehen.

So wird Glück immer wieder neu definiert. Welches Glück das Richtige ist, darüber möchte ich nicht urteilen. Aber ich gestehe jedem Menschen das Recht zu, sich von seinem Glück finden zu lassen. Jeder von uns hat seine eigene Vergangenheit und durch diese Vergangenheit, ist man rudimentär geprägt. So blicken wir oft zurück und nehmen diese Vergangenheit als Vorwand und Rechtfertigung unseres Tuns und Handelns. Aber was vergangen ist, ist vorüber, unveränderbar. In der Gegenwart ist uns die Möglichkeit gegeben, andere Menschen glücklich

172

zu machen, denn es liegt oft nicht an ihnen, sondern an uns, ob sie sich wohlfühlen und glücklich sind.

In der Zukunft wird man sich an die erinnern, die Glück über andere gebracht haben.

Werner Koch 10.10.2017

Danke

Danke an die große Kraft, die an den Rädern der Unendlichkeit dreht. Auch wenn ich Gott kein Gesicht geben möchte und ihn keiner bestimmten Religion zuordne, ist er doch immer in meinem Leben präsent.

Danke für mein Leben, es ist ein Geschenk, die Wunder dieser Welt erleben zu dürfen.

Danke auch für das Leiden, nur so lernt man Dankbarkeit.

Danke für die Zukunft, die wir uns selbst gestalten können.

Danke für die Liebe, die uns zu Menschen macht.